xico sá
a pátria
em sandálias
da humildade

xico sá
a pátria
em sandálias
da humildade

REALEJO
LIVROS & EDIÇÕES

Editor
José Luiz Tahan

Seleção e organização dos textos
Larissa Zylbersztajn e Xico Sá

Revisão
Sylvia Maria Bittencourt

Projeto gráfico
Cristina Veit

Design da capa
Mauro Mac

Dados Internacionais de Catalogação na Publicação (CIP)
(Câmara Brasileira do Livro, SP, Brasil)

Sá, Xico
    A pátria em sandálias da humildade / Xico Sá. – 1ª ed. –
Santos, SP : Realejo Edições, 2016.

    ISBN 978-85-99905-96-8

    1. Crônicas brasileiras 2. Futebol - Brasil I. Título.

16-09135   CDD-869.8

Índices para catálogo sistemático:
1. Crônicas : Literatura brasileira 869.8

Realejo Livros
Av. Marechal Deodoro, 2 - Gonzaga
11060-400 - Santos, SP
Tel: 13 3289-4935
tahan@realejolivros.com.br
www.realejolivros.com.br

Agradecimentos
Vladir Lemos, Vitor Birner (*Cartão Verde*, TV Cultura),
Mário Magalhães, Melchiades Filho, Tostão, Juca Kfouri,
José Geraldo Couto, José Roberto Torero, José Henrique Mariante,
Naief Haddad, Edgard Alves, Fábio Seixas, Fabio Victor,
Mariana Lajolo, Régis Andaku, Bárbara Macri, Luís Curro,
Eduardo Ohata e Mariana Bastos (Esporte da *Folha de S. Paulo*),
Antonio Jiménez Barca e Carla Jiménez (*El País*) e Raul Costa Junior,
André Rizek e Gabriel Moojen (Sportv).

Sumário

Nota

Este volume reúne crônicas publicadas, entre 2005 e 2016, na *Folha de S. Paulo* e no *El País Brasil* – alguns textos sobre a seleção brasileira foram editados também na versão impressa do jornal espanhol. O relato "A mais épica vitória do Íbis" tem origem na extinta revista *10*.

Vários diálogos platônicos com o doutor Sócrates, que recheiam esta edição em forma de cartas, foram reescritos e contêm trechos inéditos sobre a memória de convivência do autor com o filósofo da Democracia Corinthiana.

O epílogo "Rumo à estação Finlândia, camarada Tite" foi escrito especialmente para este livro.

A arte do agouro no futebol

De como SP vive partida ao meio, qual o Visconde de Calvino: metade seca, metade torce

Meu milhão de amigos, fanáticos, fanáticas e transgêneros, arquibaldos e geraldinos, prazer em conhecê-los. Aqui o quatro-três-três, o *overlapping* e a racionalidade não têm vez. Somos do time dos Passionais MCs.

Porque a vida é mata-mata, daqui ninguém sai vivo, ninguém escapa. Apenas para os bem nascidos e bem planejados a vida é de pontos corridos. Esta é a coluna de quem torce, mas sobretudo é a coluna dos secadores. Torcer, vá lá, tem seu valor; mas bom mesmo é secar.

Eu seco, tu secas, ele seca. Nunca se secou tanto em São Paulo como agora. A cidade está partida ao meio, como o *Visconde* de Calvino. Os que torcem e os que secam.

Secar é a expressão máxima de um certame por pontos corridos. Não basta fazer a sua parte, tem que botar o olho grande no time do próximo. O mais doce dos pecados.

Gozar com o falo alheio, como diria o amigo Sigmund, dando requintes intelectuais à psicanálise de boteco, é melhor que o gozo próprio. Ô, se é! Secar é não saber sequer o nome de quem marcou o gol de quarta à noite no estádio da Ressacada ou no Brinco de Ouro da Princesa.

Secar é relax. Se não está dando certo, mudamos de canal e secamos o outro jogo. Meu melhor dia, minha virtuose de secador profissional foi num histórico Náutico 0 x 1 Íbis. Com direito ao Timbu perder pênalti e tudo.

O pênalti, aliás, é o êxtase do secador. Ele chega a se adiantar, no estádio ou no sofá, junto com o goleiro. Ele abre os braços, provoca, fala mal da mãe do cobrador ao pé do ouvido... Todo secador que se preza adivinha até o canto.

Essa história de torcer saiu de moda faz tempo. Já não se torce mais em Londres, já não se torce mais no Primeiro Mundo. Até os *hooligans* agora viraram violentíssimos secadores.

Torcer é brega, é lacrimoso. Secar é chique. *Très chique*, como diria um justíssimo marroquino queimador de carros em Paris. O palmeirense é craque na arte de secar. Tudo bem, quer a Libertadores, mas trocaria pelo orgasmo múltiplo de ver o Corinthians perder até os remos do escudo.

O são-paulino, faz tempo, é um torcedor fora de lugar, só pensa naquilo, no Mundial.

O santista está vendo o seu time ser devolvido, pelas mãos do tenso Nelsinho, ao Museu do Futebol neste ano da graça de 2005.

Aliás, tive pena do nobre estádio do Pacaembu depois daquele melancólico 0 x 0 com o Paraná. De casa, no lado oriental da Consolação, ouvi o cimento vaiar os dois times. Foi um 0 x 0 de rachar arquibancada. Pela primeira vez na vida o STJD esteve certo: aquele jogo tinha que ser mesmo proibido ao público. Ninguém merece ver o Peixe desse jeito. Na TV, eu tirei as crianças da sala, juro.

Secar é demasiadamente humano. O mais doente corintiano de domingo pode virar, compulsoriamente, o mais convicto secador da próxima quarta. Secar é não precisar suar frio, secar é elegante, discreto, não tem aquela coreografia ridícula do torcedor aflito, secar é ser o vilão, não o bonzinho, secar é a grande arte.

A mais épica vitória do Íbis

Quando o milagre de um secador leva o pior time do mundo
à glória instantânea

Sabe quando bate uma premonição futebolística? Tipo Chico Xavier soprando o placar no teu cangote? Foi assim que rolou naquela aprazível tarde de sábado, 25 de março de 2000. Tirei a moça da rede e fomos correndo ao estádio dos Aflitos, onde o poderoso Clube Náutico Capibaribe enfrentaria o esquadrão do Íbis, tido e havido como o pior time profissional do mundo. Última rodada do 1º turno do Campeonato Pernambucano.

Vestidos com o manto do Pássaro Preto, eu, Miss Soledad, o filho do presidente do Íbis e Seu Chico – então conhecido como único torcedor de verdade do time, adentramos o estádio da Rosa e Silva sob vaias e gozação da massa alvirrubra. Não era uma tarde qualquer, eu sentia o cheiro da desgraça no ar. Não é que o Íbis, naquela ocasião com uma camisa rubro-negra à Milan, resolve decepcionar os seus quatro torcedores presentes? Lentamente o garoto do placar, que devia estar dormindo àquela altura do 2º tempo, estampa: Náutico 0x1 Íbis.

Começamos a cornetar. E o Pássaro Preto – a mascote do time é uma homônima e agourenta ave egípcia – todo fechadinho lá atrás. Melhor que a retranca do Once Caldas na Libertadores de América. A nossa turma do ovo de codorna e da cachaça prosseguia com a divertida cornetagem na tentativa de fazer o pior do mundo esquecer o gosto da vitória. Pelamordedeus, onde já se viu? O Íbis vencendo? Era o fim do mundo.

Nosso barulho era tanto que a torcida do Náutico começou a ficar irritada com a gozação. Eles também não acreditavam no que viam. O melhor é que o embate virou um jogaço. Seu Chico torcia a sério. Tem um nome a zelar como solitário torcedor das antigas. O filho do presidente, Ozir Ramos Júnior, também se empolgou. Desceu para o alambrado para tentar segurar, no grito e na marra.

Um silêncio sepulcral, como narravam os cronistas das antigas, ia tomando conta do estádio dos Aflitos. Perder para o Íbis seria o maior motivo de gozação que um torcedor já sofrera na vida. O sinal dos 45 do 2º tempo tomou conta de toda a cidade do Recife. Os doidos da Tamarineira, hospício ali da vizinhança, também não acreditavam no que ouviam. Como repórter esportivo nos anos 80, eu testemunhara até treinos do Íbis, mas nunca havia visto o danado ganhar, nem mesmo do próprio time reserva.

Passavam jogos e mais jogos sem tirar o zero do placar. Na "comemoração" do cinquentenário do clube, em 1988, o slogan dizia tudo: "Íbis, 50 anos de derrotas". Quando uma desavisada molecada cometeu a loucura de ganhar o campeonato de juvenis, dez anos depois, a diretoria cuidou rapidinho de vender a equipe inteira, sob o risco de perder o grande patrimônio de fracassos.

O juiz apita, depois de um épico acréscimo que durou uma guerra de Tróia para o time do Íbis e os seus quatro torcedores. O garoto do placar não acredita no que vê, acha que dormiu no meio do jogo e esqueceu de marcar uma goleada do Náutico. Assim é se lhe parece: 0x1 para o visitante.

Irada, parte da torcida do Timbu nos cercou, mesmo sob a forte chuva. O encorajamento da cachaça corria nas veias e me fazia continuar com a gozação. A moça, minha jambo-girl, tentava me segurar. Sob a proteção da PM, deixamos o estádio uma hora depois do jogo das nossas vidas. Para não desmentir a tradição, o Íbis seguiu apanhando pelo resto do campeonato. Mais uma vez, foi a lanterninha daquele ano. O fracasso permanente é a nossa glória.

Ronaldo, um cara carente

Em fase crítica, o Fenômeno pede carinho e o cronista
oferece um ombro amigo

Quem de nós, sejamos francos, joguemos abertos, não precisa de um dengo, um colo, um cafuné, um mimo, um bilu-bilu tetéia para confortar as dores do mundo e amaciar as cotoveladas da existência?

Ah, a vida tem uma zaga que não respeita canelas, uma zaga assassina, a vida não se leva na esportiva. Por essas e por tantas é que me emociona o pedido público de carinho do Ronaldo, o 9 milionário, que pode comprar tudo, que tem aquela gazela morena e linda, a Raica, jambo-girl divina, linda indo, linda voltando, psiu!, como eu adoraria beijar seus pés, pelo menos uma vez, meu Deus, que ilíaco!

Nada mais comovente como esse pedido público, março de 2006, por carinho, *cariño*, como nas manchetes castanholas, de um homem com cartão de crédito ilimitado, um homem forte, bonito, com bela trajetória.

Amigo, como diz o rei Roberto no seu último disco, arraste uma cadeira, chegue mais pra perto e fale o que quiser. Fale o que tem vontade, Ronaldo, fale de saudade, fale de mulher.

Amigo, a vida não é uma agenda, a vida não é um calendário de jogos, a vida está longe de ser uma liga da Uefa, a vida é uma várzea. Amigo, como inimigo do rei, seja de Espanha, seja de qualquer reino, eu sei, tem hora em que tudo zica, tudo se dana, tudo se desmantela, a vista escurece como naquele choque de cabeça na área, a bola lá longe, lá no fotógrafo, lá no Domício Pinheiro, lá no Reginaldo Manente, lá no Antonio Gaudério... e a gente a se perguntar onde está o mistério, o segredo, o caminho dos subúrbios de São Cristóvão ou de Santiago de Compostela. Amigo, nessas horas a gente faz besteiras.

Amigo, arraste uma cadeira e se abra comigo, a vida atropela na curva, nos dribla como os mais infernais dos Robinhos para cima dos Rogérios, como você mesmo em disparada mais veloz que um mau pensamento, como os Garrinchas para cima dos Joões, os Joões da Suécia ou de Bonsucesso.

Amigo, vamos no show do Wander Wildner, o cara tá cantando aquela do Bruno & Marrone com um timbre de Elvis, o Presley e o Costello, com magia de Roy Orbinson e dos reis que aqui vivem e viveram. Sabe aquela do cara carente, que não é vagabundo nem delinquente, mas está na praça, pensando nela?

Amigo, que pedido público lindo para um homem, para um macho! Carinho, todos nós queremos e temos vergonha de pedi-lo.

Amigo, arraste uma cadeira, peça mais uma, de Salinas ou Jerez, e chore comigo essa vida flamenca, ouvindo Roberto ou Camarón de la Isla. Não tenho nada, amigo, não tenho posses, só essa prosa cheia de voltas, mas tenho fígado ainda pra gente beber, trago a trago, todinha, essa vida de quedas e dores crônicas.

Amigo, trago também no bolso um lenço xadrez, daqueles bem bregas – sabe? – que minha mãe me deu, ainda em Juazeiro, quando saí de casa, pra quando eu carecesse derramar minhas lágrimas.

Amigo, recapitulando, tenho fígado, sou todo ouvidos, e divido contigo esse lenço.

O Brasil em transe no vale das perdições

Os sem-pátria, os sem-sofá, os sem-amigos e os sem-amores pararam diante da estréia da seleção de Parreira na Alemanha 2006

E o vale do Anhangabaú, centrão de SP, se transformou ontem no jardim dos caminhos onde se bifurcam todas as misérias, todas as solidões dos sem-amores ou dos sem-amigos, os sem-sofá, todos os delírios dos cheira-colas e dos meninos do crack, todos os patriotismos dos sem-pátria e sem-patrões, todas as alegrias clandestinas dos sem-teto, todas as frustrações e bolas perdidas do lumpesinato, o Brasil em transe, o país que não consegue chegar nunca em casa a tempo de uma estréia da Copa, ali estavam todos os olhares daqueles que acostumamos chamar, cá entre nós, de perdedores.

O mendigo maneta, de camisa azul-escuro, boné cinza e cobertor do tipo Paraíba, não estava nem aí para o jogo. Do seu canto, não se via o telão gigante. Os seus quatro amigos, aos 10min de partida, tomaram novos goles de pinga e se misturaram à massa. Fácil acompanhá-los: além dos tombos, eram os poucos não vestidos com algo verde-amarelo. Mais um bando de brasileiros cinzentos de São Paulo. Mas cobravam cachê por entrevista. Esqueci as regras do jornalismo e morri com um trocado para mais uma garrafa da branquinha que levava aquela massa ao delírio.

"José dos Santos Lino, anota aí", liberou o primeiro dos mendigos, um sem-coisa-alguma mas também homem com olhar ainda altivo. O cheira-cola atrapalhou o diálogo. Falava como um Guimarães Rosa urbanóide, nonada, não dava para entender quase uma palavra. O travesti, todo borrado de maquiagem, traduziu tudo: "Bando de filho-da-puta perdido, deixa o tiozim [referindo-se a este cronista] em paz". E o jogo? Ah, algumas famílias, na decência e na estica, apesar de poucos cobres a cada fim de mês, se portavam com civilidade nunca vista. Eram famílias que se apertam em quitinetes ali no centro e famílias que chegaram de longe enganadas pela propaganda oficial do telão. "Não estou vendo nada deste canto", protestava o pai, Alberto Santana de Araújo, 35, um raro entrevistado ali naquele transe bêbado que não teve trabalho para pronunciar o próprio batismo. A mulher, Ivone, 28, mais agoniada ainda. Os meninos, Jonas, 10, Robson, 9, emitiam aqueles grunhidos infantis de revolta.

Uma família pobre daquelas que ainda têm direito a banho, a uma roupinha em conta no mercadão do Brás, um zelo de mãe e um pai que teima, na marra, em não deixar a casa cair por mais que tudo desabe. Araújo é garçom numa lanchonete ali dos arredores do vale. Ivone faz faxina também na área. Estão no time dos que teimam, na várzea da vida, para não cair de divisão social, a terceirona da existência.

Jogo que é bom, quem fosse baixinho, como a família decente, só via as cabeçadas nos escanteios dos altos croatas. Por isso que os homens-gabirus correram para o alto do viaduto do Chá, de onde viam a miragem da pátria em chuteiras.

Para os perdidos das ruas ou os loucos solitários do centrão, tudo era festa, o que quer que fizesse milionário escrete canarinho. Do telão para o chão dos sem-estrelas tanto fazia. "Num ganho nada com isso", berrava um homem-sanduíche existencialista, logo após o gol do Brasil. Não que os perdedores na vida fossem secadores. Ao contrário. A grande massa, noves fora os delirantes bêbados e cheira-colas, vestia o manto do patriotismo verde-amarelo.

Ao fim do jogo, numa terra de gente alegre, havia uma torcida não de tudo triste, mas com um leve olhar de vira-lata – como os cães que acompanhavam os mendigos –, o corpo coçando com as pulgas da desconfiança. Brasil 1x0 Croácia.

Miserere nobis, Ora pro nobis

Infiltrado em um convento de irmãs carmelitas, o cronista acompanha a via-crucis *da Seleção Brasileira*

Amigo torcedor, amigo secador, aqui na Terra vão jogando futebol, tem muito choro, muito samba e *rock'n'roll*, mas com esta pátria em salto alto, só com reza forte, velho xará Buarque, somente apelando ao Senhor.

Somente vendo o jogo com quem acredita e tem fé, com ímpias criaturas que fazem pelo menos oito jornadas de orações diárias, das 6h ao sono dos justos das 21h30, os que dormem cedo e cedo madrugam. Foi o jeito ir ver o segundo jogo da *via-crucis* verde-amarela com as freiras do convento das Irmãs Carmelitas Mensageiras do Espírito Santo, amém.

No meio daquelas moças vocacionadas e lindas noviças em flor, este cronista mais parecia uma Yolanda Bell, a cantora de boleros que leva uma vida de erros até ser salva pelas Redentoras Humilhadas, uma ordem religiosa do filme "Maus Hábitos", de Pedro Almodóvar.

Como sempre, logo às 6h, as irmãs carmelitas fizeram a primeira prece. Não citaram o nome do técnico Parreira nem qualquer outro nome em vão, mas haviam convocado a comunidade de fiéis de Santo Amaro e do Brooklin, onde fica o convento, para assistir ao jogo em comunhão, telão e festa de São João, balão, haja rima pobre para o milionário escrete sem solução.

Às 7h30, nova rodada de breves salmos, hino, leitura, preces ao Senhor. Antes do embate com os cangurus, missa, como manda a fé. "Ó,

Senhora do Carmo, olhai por mim e para todos os que estão revestidos do vosso escapulário. Acompanhai-nos e protegei-nos ao longo da vida, para que possamos crescer na fé, esperança e caridade seguindo Jesus Cristo, amém!"

Depois, um corre-corre de freiras, que pareciam voar como as noviças rebeldes e fictícias. Umas arrumam as barracas, comes e bebes, porém bebes que não embebedam e não derrubam um cabra. Outras levam cadeiras. Outra equipe liga o telão no palanque. Haja fios, assim na terra como nos postes, nos céus. Todas embaladas por hinos católicos no alto-falante, um belo e religioso frenesi.

Católico, mas com bingo. Não o bingo das CPIs, aquele velho e inocente bingo de paróquia. Prêmio: uma bola da seleção. Com uma irmã a entrevistar os adultos e as crianças. Um menino vestido de Ronaldinho: "Vai ser 9 a 0". Risos das freiras. Deus abençoe as crianças do Brasil, mas as freiras são tudo, menos loucas e ingênuas.

Elas sabem que, de nove, só se fosse jogo da Argentina. Numa rodinha delas, um papo ouvido pelo repórter-cronista escondido: "Irmã Adriana, será que vamos ganhar?". "Sei lá... Só Deus sabe, você viu que morreu aquele gordo do "Casseta & Planeta'? Como era mesmo o nome dele? O...". E Deus, ao menos para a mesma ordem do aprazível convento repleto de belas obras sociais, é brasileiro. E também francês. E italiano. As irmãs das irmãs daqui estão igualitariamente nesses três países.

Começa a partida. A freira de chapéu verde-amarelo está nervosa. Agora, as virgens rezam em silêncio. Nada mais comovente. Mas não tem cerveja. O cronista se treme todo, Jorge Araújo, mestre-fotógrafo ali na moita, pede um churrasquinho de gato. "Engordai-vos uns aos outros", como diria o glorioso Bussunda – a quem prestamos aqui religiosa homenagem – para Ronaldo, o sósia.

Mas vocês não acreditam. Terminou o primeiro tempo, e a madre superiora ficou revoltada com a presença destas testemunhas que vos

falam por palavras e imagens, atos e omissões, e mandou que as freiri-
nhas e noviças, meu Deus, se recolhessem. E aquela nuvem de belas noviças voltou voando da rua para longe do alcance dos pecadores, amém.

   É, a regra não é nada clara, nem sempre o jogo acaba somente quando
o juiz apita. O Brasil venceria por 2x0 a Austrália.

Em um Quilombo no sertão, um blues e um banzo
para unir Brasil e Gana

Pouco antes do início da peleja, um lamento negro, como um blues arrastado no deserto poeirento, reverberava nesta vila africana do meio do sertão. Francisco de Assis de Oliveira, 24, trabalhador da roça, não se aguentava na camiseta estampada com Ronaldinho e Robinho: "Que pena ter logo o Brasil pela frente... Fico com o coração partido. Até agora torci pelos africanos, sempre roubados, desde o primeiro apito".

As afinidades com o futebol da África nesta aldeia formada por uma grande maioria negra e uma minoria indígena não são apenas capricho da arte de secar os "grandes" da Copa.

Comunidade quilombola das mais engajadas, Conceição das Crioulas, distrito do município de Salgueiro (PE), a 570 km do Recife, viu a partida de ontem se reconhecendo nos traços e gestos dos atletas de Gana, de onde vieram parte dos escravos brasileiros que deram origem a povoados como este.

"Estamos todos lá, é o time da vila", diz Oliveira. E, para cada ganês perfilado durante o hino, ele grita um nome de um amigo que assiste à peleja ao seu lado, ali no Bar do Anselmo.

Gol do Brasil. Oliveira, coração partido, vibra, mas nem tanto quanto os amigos. Minutos depois, falta para Gana. A bola passa por cima da trave de Dida. Antonio Dionísio, 31, vulgo Shaolin, se trai ao fazer o gesto de quem adoraria que a pelota entrasse lá onde o carcará faz o ninho, para citar a ave símbolo da região. "Ah, é que dá raiva esse time do Parreira", desculpa-se com a platéia.

Anselmo pula o balcão e volta com a cachaça. "Rapaz, amanhã tem jogo da gente", diz Toinho, 19, zagueiro do time da vila, tentando conter as doses dos atletas locais. Não consegue. Toma uma também. O nervosismo, esse Parreira, sabe?, acaba com os nossos fígados. Haja calor. Durante boa parte do jogo, o bar fica com as portas fechadas, para melhorar a imagem da pequena TV. Oliveira, torcendo cordialmente pelo Brasil, manda o seu panfleto na lata: "Se fosse a final, não teria perdão, eu seria Gana, o sangue dos meus antepassados...".

Intervalo e vemos as mulheres, essas bravas, como Alzira, mestra da culinária crioula, como Generosa, cuja profissão veio com o batismo, como diz toda a turma do Bar do Anselmo... Como as lindas anônimas naquele ceuzão semiárido.

Em Conceição das Crioulas, elas lideram há cerca de 200 anos, quando seis escravas aqui chegaram. O plantio do algodão, cultura africana mantida até hoje, rendeu ao grupo a aquisição dos 17 mil hectares que hoje formam a comunidade quilombola. Em 2000, o governo federal reconheceu o direito dos negros às terras.

A bola rola. Segundo tempo. Na vizinhança do bar onde Oliveira e a sua turma se espremem no chão, alguns senhores, sentados na calçada, ouvem o jogo pelo rádio e conversam, como se nada do que chegasse da Alemanha naquela hora, via parabólica, fosse importante. "A gente até dá uma olhada nos jogos vez por outra, mas sem essa coisa toda, sem sofrer, sem chororô e sem alegria besta", esnoba a pátria em chuteiras Antonio Francisco de Oliveira, da Associação Quilombola de Conceição das Crioulas.

Os homens conversam na lentidão daquele deserto. Os cães, secos, dormem aos seus pés um sono que parece de pedra. Os homens conversam e tangem um porco que se diverte com um sabugo de milho, conversam e dizem um "xô, galinha" para a ave que bica a ferida na perna do menino. Bola com Juninho, avança o escrete, o Brasil ali é um país que se reconhece no espelho da África. Seleção brasileira 3x0 Gana.

Numa terra radiosa, uma torcida melancólica

O cronista vê o Brasil ser eliminado com a solitária
garota de programa do hotel Metrópolis

A *belle de jour* do centrão de SP, a nossa dublê da bela da tarde, não acreditava no futebol tão triste e feio que testemunhava sozinha, longe da histeria coletiva dos telões e das ruas, como representasse na frieza de ontem a pátria recolhida, a pátria lesada, os Tristes Trópicos em chuteiras, a pátria entregue de rouge e batom ao capricho francês. Ela nunca leu Paulo Prado, mas parecia dizer, com as sobrancelhas, sete palavras fatais: "Numa terra radiosa, vive um povo triste". É lá naquela cama do hotel Metrópolis, ali com vista para o antijardim suspenso do elevado Costa e Silva, o Minhocão, que a professora de inglês Danielle Souza, 23, comete as suas aventuras na pele de garota de programa. Lá, viu vários jogos, secou argentinos e alemães, vibrou com os "bonitões" da Itália, seus prediletos em se tratando de cosmética da bola. Na tarde fatídica de ontem, nenhum homem ao seu lado, quer dizer, só este cronista e o fotógrafo Jorge Araújo, com o distanciamento afetivo que pedia o tema.

"Um chute pelo amor de Deus", clamava a *Belle de Jour* ao deus Narciso, o espelho gigante que dividia seus olhos de ressaca – "ontem bebi demais!" – com a TV de 14 polegadas que resumia a tragédia à sua frente. A tela era grande demais para o futebol vira-lata dos brasileiros. Nem um homem apareceu no mundo de Danielle ontem. A pátria em chuteiras é bem família. A nossa bela era um raríssimo exemplo de quem vê o escrete da forma mais solitária. Na tarde gelada dos Tristes Trópicos, até o mendigo "Sozinho", como se autodenomina nas suas placas de papelão, o pedinte ali da Frei Caneca com a Caio Prado, correu para o bar da esquina. Não havia sequer um solitário a testemunhar a tragédia sozinho nem mesmo no edifício Copan, esta ilha concreta que bem poderia ser batizada de Carençolândia. Havíamos acertado, na manhã de ontem, previdente que somos, para ver o jogo com pelo menos seis solitários do prédio-cidade. Todos sucumbiram à tentação de homens cordiais e fugiram para bares ou lares repletos de outros brasileiros. Na Copa, bate carência equivalente ou maior que o Natal e Ano Novo. "Desculpe, tiozinho, fiquei triste, vou ver com uns perdidos da praça Roosevelt", diz o travesti Joanna, borrado de verde-amarelo, mas sem esconder o pressentimento da derrota. E a pátria em chuteiras, velho Gilberto Vasconcellos, sucumbiu à síndrome de Caramuru, entregou suas Paraguaçus de mãos-beijadas, *oui, oui*, sim, sim!. França 1 x 0 Brasil.

Carta aberta ao amigo Ronaldo

*Nem Fênix nem Sísifo, chega de carregar uma tonelada
de responsa nas costas, vai viver mil e uma noites das arábias*

Meu caro 9, manda esse mala do técnico Fabio Capello às favas, manda, em italiano com sotaque carioca, ao inferno de Dante. Antes, porém, desmoraliza o capo no último treino, tira onda, dá uma caneta, um cascudo, passa a mão na bunda, com respeito, claro, você, amigo, pode tudo, tem biografia, tem lastro, tem história e moral na real da guerra. Meu velho, essa coisa de ser Fênix, essa cobrança de mais uma volta por cima, não leva a nada, chegou a hora de curtir mais a vida, não espere a cinza das horas, você sabe como a passagem terrena é traiçoeira.

Carpem die, carpem noctum, aproveite a noite, *cabrón,* se joga, você merece, já deu muitas reviravoltas, com Rivaldo nos deu a Copa, de maneira mágica, no mais, não tenha culpa, isso é coisa de cristão de quinta, mete bronca, chama a Raíca, chama a Maria-Chuteira mais anônima, faz uma graça para a moça, volta a São Cristóvão e pega aquela afilhada de Balzac que tanto lhe desejava.

Nem Fênix nem Sísifo, chega de carregar uma tonelada de responsa nas costas, vai viver mil e uma noites das arábias. Vem bater bola no Mengo ou no Santos, desde que as cidades-sedes sejam praieiras. Vem fazer dupla com Obina, sacudir a Vila.

Porque, amigo, com uma perna só, você ainda é um dos melhores do planeta, igual ao Reinaldo do Galo, qual Saci naquela decisão com o Fla de Nunes em 1980, que revi agora como um filme de Fellini, no Sportv, retrospectiva clássica. Beba, coma, amigo Ronaldo, como o seu xará e grande amigo pantagruélico Bressane!

Como gastará esse dinheiro todo aguentando as broncas de Capello?

E a vida propriamente dita, em que lugar fica na cabeça? Beba, coma, faça farra e novos lindos filhos!

Você merece banquete dos deuses, basta rebobinar o videoteipe.

Será que terei que lembrar suas obras-primas, Portinaris, Van Goghs, Dalis, Michelangelos, Mirós, para ficar só nos artistas dos países em que já fez das suas pinturas?!

Não caia, amigo, no conto da Fênix outra vez. Sim, você pode fazer golaços, jogos memoráveis, mas sem a cruz moral nas costas. Mostrar tudo de novo? Não, amigo, isso cansa. Sei que não é a sua, mas, por favor, não vá me fazer a desfeita e virar atleta de Cristo agora. Respeito os caras, os dedos para cima mandando anotar o gol para Jesus, o maior artilheiro da história. Respeito, mas eles têm outros perfis, outras trajetórias, são, digamos assim, mais família.

Você não, amigo, você é um hedonista de nascença, desses meninos que nasceram para brilhar de dia e de noite, entende? Ronaldo, quanto sacrifício, quanta dor no joelho e superação, quanta pergunta imbecil de jornalista e patrulha, quanta confusão na mídia de fofocas.

Amigo, o verão nos trópicos está demais, vamos nessa, rapaz. Além do seu balneário de origem, queria que passasse pelo menos uma noite em Recife-Olinda, um escândalo.

Conhece a Priscila, já viu como ela anima a pista? E a Hermila Guedes, o nosso céu de Suely, a nossa Gilda? Meu velho, vamos ao bar Central, ao Capitão Lima, ao Garagem, às festas do Rogerman no clube Preto Velho, a melhor vista, o melhor terreiro para purgar a existência, onde só acreditamos nos deuses que dançam.

Meu 9, aqui em SP as moças nunca estiveram tão lindas, o tio João, do Love, lembra? aproveita para lhe renovar estimas. E, para matar as saudades do futebol, tem os garotos juniores, que estão fazendo até gols de dúzia numa só partida.

Amigo, num caia nessa de Fênix mais uma vez. Por falar nisso, meu caro, sabia que o habitat e esconderijo da tal avoante mitológica era o deserto da Arábia? Mera coincidência, amigo, se liga. Feliz vida nova e parabéns pelo conjunto da obra.

O efeito Shakespeare na Ilha do Retiro

Ser ou não ser, eis a questão que intrigou craque boêmio e,
dada à malandragem de um amigo, despertou seu futebol

O que muitos dos nossos jogadores carecem é de um Shakespeare por testemunha. Como o Shakespeare da Ilha do Retiro, lá no Sport Recife, protagonista do episódio que segue.

O técnico Ênio Andrade palestrava com os atletas do Leão do Norte quando, do nada, vira-se para Henágio, o craque boêmio do time, e sapeca: "Como dizia Shakespeare, ser ou não ser, eis a questão".

Sempre desconfiado de que estavam de olho nas suas fuzarcas, o rapaz, que jogava o fino, recebe o colete de titular, mas fica todo cabreiro. O medo do boleiro diante de Shakespeare. Henágio não aguenta de tanta curiosidade e vai até o Betão, cujo batismo é Roberto Taylor, lateral-direito com origem no Inter, e pergunta quem diabos seria aquele tal de Shakespeare citado pelo professor.

Mais uns dez minutos de treino, o lateral, na malandragem, chega até Henágio e aponta um negrão de dois metros, do gênero armário, que assiste ao treino, e afirma: "Olha lá, aquele é o Shakespeare".

Henágio, ex-Santa Cruz e que depois jogaria um tempo no Flamengo, fica nervoso. Faz uma jogada e mira o Shakespeare, dá um drible e olha de novo "seu" Shakespeare, cai pela meia-esquerda e lá está o Shakespeare. Uma senhora obsessão.

Acaba o treino, Henágio, possesso, vai até o Shakespeare e desabafa, toma satisfação, manda mr. Shakespeare tomar conta da sua vida, tremendo sururu na área. Sem entender nada, "seu" Shakespeare, fã dos dribles de Henágio, pede calma. Não tem jeito. Sem entender nada, deixa o campo. Para não ser protagonista de uma tragédia contra o ídolo, resolve deixar quieto e sair na maciota.

Ainda com Henágio blasfemando, "seu" Shakespeare deixa a Ilha. Nos jogos seguintes, o 10 esnobou, abusou na intimidade, aquela quase pornográfica intimidade dos craques com a bola.

A comédia de erros ocorreu no fim dos anos 80, como me conta de novo o cronista pernambucano Lenivaldo Aragão, espécie de Câmara Cascudo do futebol. "Todo craque boêmio precisa mesmo de um Shakespeare enfurecido na arquibancada. Só assim combate as suas ressacas físicas, morais ou ludopédicas."

Mano Brown e a multiplicação dos peixes

Sobre devotos de todas as cores e o amor em preto & branco
do rapper dos Racionais MC´s ao Santos Futebol Clube

Conheço muitos chapas com uma devoção aos seus times, Marko é tricolor ao infinito, para ele o mundo é branco, vermelho e preto; Marcelo Mendez, de Santo André, é mais verde que o Incrível Hulk; Marivaldo, lá em Taipas, mata e morre pelo Corinthians, um mosqueteiro que vale por mil doentes. No Rio, Jorge Ben é Flamengo, a quem ama muito mais que a própria nega, Teresa, Paulinho da Viola é Vasco, assim como Chico é das Laranjeiras; os Joões, sejam Sales ou sejam Silvas, são todos como o Sérgio Augusto entre o céu e o inferno, são todos Botafogo. Lamartine Babo, bem, é um caso à parte, o cara fez os hinos do Fla, do Flu, da Cruz de Malta e da Estrela Solitária, mas repare bem, veja como a música, ao contrário do futebol, tem sua lógica, foi o hino do América que mereceu mais capricho, "hei de torcer, torcer, torcer, hei de torcer até morrer, morrer, morrer... pois a torcida americana é mesmo assim, a começar por mim...". Cartola? Ah, Cartola, como mostra o documentário de Hilton Lacerda e Lírio Ferreira, era mais de dona Zica e da Mangueira do que qualquer clube, pois no amor e no samba a regra é negra e linda como o amor a uma mulher ou a uma escola. Capiba era Santa Cruz, como mestre Canibal, do *punk-rock hardcore* lá do Alto Zé do Pinho. Já o Faces do Subúrbio é dividido, tem de tudo, se brincar tem até torcedor do Íbis. Luiz Gonzaga não ligava muito, mas tinha queda pelo Guarani de Juazeiro, ali na vizinhança da chapada do Araripe. Chico Science, salve, era Santa, como a maioria das bandas de Olinda... Fred Zero Quatro, para continuar no mangue *beat*, é Sport Club Recife. De torcedor doente ou de secador maluco, todo mundo tem um pouco. Anônimo ou famoso, a febre de bola é inevitável, vai além da camada de ozônio, além de termômetros no suvaco, muito além do aquecimento do planeta, o jogo é jogado, o resto é lenda. Mas amor à camisa mesmo, amor em preto-e-branco, com o amarelo das antigas e o *blues* das dores portuárias, amor à camisa sem limite, de verdade verdadeira, é o amor de Mano Brown pelo Santos.

Pouco amor não é amor, como dizia o tio Nelson, na boa, confesso, nunca vi amar um clube com tanto zelo. Não permite que se fale nada negativo, nem de brinquedo, não estou falando de torcedor de sofá, o santista é da arquibancada, do cimento. E uma de suas missões é dizer a todo mundo o quanto o Santos é grande. Já disse isso para atletas, técnicos. E me disse isso, na lata, de corpo presente, no nosso encontro entre quatro santistas, para não deixar quicar a bola de qualquer dúvida.

Onde estiver, Brown estará lembrando: o Santos é o maior de todos. E deixo aí um tira-teima para o debate entre Kfouri e Torero: Mano Brown prefere que o Peixe enfileire vários certames paulistas em vez da obsessão megalô da Libertadores, rubrico embaixo, três vias, carimbo. Você tem que ser grande na sua área, ser respeitado no seu terreiro, ainda mais para um time que ganhou tudo, no tempo em que o Mundial era o que era, Mundial mesmo, nada de Copa Toyota, sem ranking fajuto. Brown, passional e racional, quer o Santos jogando mais em São Paulo, no tamanho da metrópole, milhões de habitantes, multiplicação dos pães e da espécie, sabe como é, filho de peixe peixinho é. É bíblico.

Vai, Adriano, ser gabiru na vida

Inferno, purgatório e paraíso... A gangorra tragicômica do cara
que fez o Internacional campeão do mundo

Que a vida é traiçoeira, todos nós sabemos, nada mais escandalosamente óbvio, de Aguinaldo Silva a Shakespeare, do sr. Pestana, o pianista de polcas de Machado, ao canalha Peixoto, personagem do tio Nelson, claro, que achava, mais do que ninguém, que no Brasil todo mundo era traíra, comprável, todo mundo era, digamos assim, à imagem e semelhança de Peixoto. Todos eles nos ensinaram que a vida é traíra, que não dá pra se abaixar e pegar o sabonete nem diante do mais inocente vigário de paróquia, que não precisamos tirar as duas luvas de pelica para contar nos dedos os amigos verdadeiros, que o universo, esteja Vênus ou não em Gêmeos, sempre vai tirar uma com a nossa cara etc. etc. e chega de bancar o conselheiro Acácio.

No futebol, então, que imita a vida embora em tintas mais trágicas, os humores são muito mais perversos. A gangorra funciona em velocidade de desenho animado, basta mudar de técnico, basta um gol perdido, basta uma lambança completamente compreensível em qualquer outro ramo profissional, basta uma vaia da torcida, muitas vezes injusta, um belo cardume de traíras.

Repare nas feições de sustos destes rapazes do Corinthians. Cada treino parece um filme de Hitchcock, o suspense de quem vai e de quem fica. O pior é que os meninos dizem que não estão entendendo nem mesmo o que o comandante fala, veja só que drama! O mais grave é que Carpegiani, mesmo quando grita, dá a impressão que ainda está apenas pensando, ensimesmado, pois guarda no cenho aquelas rugas de filósofo metafísico, coisa muito complicada para um boleiro.

No futebol, o que na vida chamamos singelamente de altos e baixos ganha proporções de Hamlet, ressalvando-se, claro, que um Ba-Vi, um Gre-Nal, um Galo x Raposa, para ficar apenas em três clássicos que, pelo critério de público, ainda merecem esse nome, têm muito mais carga dramática do que uma peça do tio Nelson ou de Shakespeare. Os altos e baixos na tragédia ludopédica são golpes de amoladas peixeiras dos deuses.

Repare no caso desse menino do Inter, o Adriano Gabiru. Dia desses saiu do inferno no Beira-Rio, atravessou o planeta e foi fazer, lá no Japão, o gol mais importante do clube nos seus 97 anos de existência, aquele contra o Barça. A própria torcida, num gesto de grandeza, cantou na volta: "A-há, u-hú, me perdoa Gabiru!". Agora está sem time, foi dispensado praticamente por jornais e rádios, não mereceu sequer uma bela costela gaúcha de despedida.

Quando o Corinthians triunfa, SP fica mais leve

*É preciso reconhecer que uma vitória alvinegra deixa a cidade
mais afável, o café vem mais quente, a cerveja mais gelada...*

Neste 07 de Agosto do ano da graça de 2007, confesso, para espanto de
mim mesmo, este contumaz e sincero secador que vos batuca: É preciso
que o Corinthians ganhe, que o Corinthians suba, porque quando o
Corinthians ganha a cidade fica bem melhor, mais civilizada, até bonita,
dom Marivaldo, novo baiano, sorri numa boa lá em Taipas; meu tio Alberto, no Parque São Rafael, zona leste, esquece até que não pode mais
tomar os velhos pileques; tia Nina fica feliz e libera uma gelada, duas, se
muito, ele merece; Mário, o japa aqui da banca da esquina da Augusta,
tira onda; Josmar Jozino lembra do dia em que mordeu o cachorro em
Itaquera, pobre cãozinho, isso é que é notícia, o resto é jornal para em-
brulhar peixe.

Os ônibus andam mais rápidos quando vence o Corinthians, porque
a cabeça da massa é o verdadeiro biodiesel, os trens fazem faíscas nos tri-
lhos, até os corintianos da "elite branca" (risos irônicos?) ficam menos
perversos quando o alvinegro triunfa, sabia? Suspendem a luta de classes por 15 minutos na troca de turnos das fábricas, o velho fenômeno
das camas quentes do qual tratava o corintianíssimo Karl Marx.

Tudo muda quando o Corinthians sai da lama, baixa até um Charles
Dickens ludopédico neste cronista, vejo as luzes da cidade como quem
tomou um ácido lisérgico das antigas. Mesmo contra os meus próprios

augúrios, anteontem fui ao Pacaembu crente numa vitória do América potiguar, acredite, jovem escriba Carlos Fialho!

Quando o Corinthians vence, a cidade de SP é quem ganha, o poeta Guedes, na Paulista, capricha nos limeriques e faz escambo de sorriso com suas gatas; a cerveja, da prainha da Gazeta ao derradeiro bar da Estrada das Lágrimas, chega mais gelada; o judeu vira pai-de-santo e vice-versa; dom Paulo Evaristo Arns volta para pagar novas promessas e saber das últimas do Juca Kfouri, uma loucura...

Até a polícia fascista do Alckmin idem, pasme, esquece a corporação, e dispensa, na *buena*, o velho maloqueiro que ainda narra, em *looping* até a eternidade, o grito sufocado de um povo, como descreveu Osmar Santos no gol de Basílio em 1977 contra a Ponte Preta.

A cidade de SP é quem ganha quando triunfa o Corinthians, repare como derrete, mesmo sob a garoa das antigas, sensação térmica abaixo de zero, o rímel das moças que chegam ao vale do Anhagabau para cumprir seus honestíssimos expedientes de exímias secretárias bilíngues.

Há uma outra vida na cidade, como se Deus, no milagre de um filtro do Instagram divino, romatizasse o universo em branco & preto. O Corinthians é bíblico, é Lázaro, juro que vimos, eu e o doutor Sócrates, ao final do maior porre das nossas vidas, o verdadeiramente épico dos porres, quando o maltrapilho zumbi, sangue coalhado no cobertor cinza Paraiba, se levantou de um beco da rua Augusta e saiu em estado delirante de santa blasfêmia: "Deus depende mais do Corinthians do que o Corinthians de Deus!"

Até hoje, nem mesmo nas tábuas dostoievskianas, consegui decifrar o mantra do maltrapilho. Alguém se habilita?

Um homem sem futebol

Privados dos embates do futebol, somos ameaça a contratos sociais, capazes de atos de um Jack Estripador ou de um Chico Picadinho

Amigo torcedor, amigo secador, estava aqui com um grupo de chegados, numa simpática taberna do Recife, discutindo os rumos da humanidade, quando um dos nossos cavaleiros da mesa redonda solta o berro: "Golaço!!!". Você não está entendendo, amigo, não foi um berro qualquer, um grito familiar, nem tampouco um humaníssimo manifesto de rotina do bicho homem. Foi daqueles brados retumbantes, guturais, que irrompem do estômago dos monstros do *trash metal* e das cavernas do Medievo.

De repente aquela tarde à João Gilberto, com barquinhos à bossa nova ao longe, é tomada pelo Iron Maiden e todos os zumbis do outro mundo.

É isso o que o ingrato recesso do futebol causa em nós, marmanjos doentes, eternos Peter Pans ludopédicos. É isso, um simples gol de pelada na praia do Pina, nos contornos de Brasília Teimosa, vira comoção, o ritual mais primitivo do coração das trevas. O pior é que só o amigo Roberto Azoubel, o dono do grito, viu o golaço. Só o "doctor estranho", sua nova alcunha, solitariamente testemunhou o épico. Para nosso desgosto, óbvio. Só nos restou, naquele momento solene, roer as unhas da inveja em busca de um replay impossível, um videoteipe imaginário.

O "golaço" incendiou a fantástica usina de fabulações que é a mente humana privada dos grandes embates. Tivemos de nos contentar com a narrativa da testemunha, que deu conta de uma tabela na canela do rival e um toque sutil por debaixo do último beque que guardava a trave portátil. A bola passou rente ao latifúndio dorsal do zagueiro e foi conduzida caprichosamente, com ajuda de vento e maré, ao fundo do filó. Daí o grito, salivado de testosterona e jejum futebolístico: "Golaço!!!".

Jô, a costela amada da testemunha, teve um susto só comparado à primeira vez que viu "Psicose"; Lirioboy passou a chamar o artilheiro do Pina de Roberto Coração de Leão, grande ídolo do seu Sport Recife; DJ Dolores, entretido com uma "boyzinha" à milanesa-cafuçu, também não viu a pintura, mas assinou embaixo. Esse intervalo quase sem futebol, amigo, deixa mesmo os homens sem noção, lesados no paraíso, Adões entregues às vontades pecaminosas e bestiais.

Que venham logo os campeonatos. Porque um homem sem futebol retorna à condição de bárbaro, é ameaça aos contratos sociais, é capaz de atos de um Jack, de um Chico Picadinho, de um Bandido da Luz Vermelha, de um Monstro da Madalena, de um Maníaco do Parque. Que a terra nos seja leve em 2008 e que gire em torno do sol, como na primeira visão de Copérnico, tal e qual a bola manhosa que cisca e se enrosca, carinhosamente, no fundo de uma rede praieira.

Esses meninos, quando iluminados, saem de ônibus,
no escuro, da Vila Cruzeiro direto para Milão, Madri, Berlim,
Roma, confundem-se com os impérios

Memórias não-autorizadas, óbvio. Ora, até o mais austero e humanamente apagado bedel dos boleiros do Morumbi sabe que o Adriano é menino de bom coração, mimadão, carente de colo, afago, gente boa, daqueles caras bacanas que ajudam as mães e que marejam os olhos quando vêem os camaradas das antigas ou folheiam álbum de família antes do almoço de domingo.

Como a maioria de nós, um simples habitante do reino da Carençolândia, esse país nem tão imaginário assim, bem-vindo, uma pátria cuja fronteira começa nos chinelos debaixo da cama, passa pelo banheiro, atravessa a sala de visita, ampara-se no sofá de interrogações, uma pausa de olhar perdido, e se limita ao velho oeste da existência, com o primeiro colo quente que encontra após o capacho do outro lado da porta.

A imagem que se tem, velho Freud, é que ele, mesmo aquele homenzarrão todo, molecularmente falando, ainda joga com a mamadeira invisível e, em algumas ocasiões, fraldas, como alguns de nós saímos às ruas para ganhar a vida, embora, às vezes, nos achemos uns fodões, que palhaçada somos todos nós. Ri, macaco, das nossas involuções, não valemos o que o gato enterra nas caixas de areias artificiais e muito menos o que os ratos dos seus sonhos sabor Whiskas pensam disso.

Esses meninos saem muito cedo de casa e perdem o essencial para um homem antes de conhecer direito as outras mulheres: o carinho materno à vera. A mãe é amorosa no último, mas nem teve tempo para o afago lento e prolongado, o cafuné, o cata-piolho. Esses meninos, quando iluminados, saem de ônibus, no escuro, da Vila Cruzeiro direto para Milão, Madri, Berlim, Roma, confundem-se com os impérios, quando tomam o primeiro fogo moral de artifício, incendiados pelos urubus gutenberguianos da eterna Sierra Madre e dos "Corriere della Sera".

Aí se instala de vez a "vida loka". Adriano, amigo, é um daqueles caras que põem bem alto "É o amorrr" no rádio do carro e por pouco não perdem o rumo, por pouco, muito pouco, pouco mesmo, como diria Geraldo José de Almeida, um narrador capaz de combinar com Deus os lances de bom senso ou desatino.

Sim, a existência é perigosa e derrapa na curva, para o Adriano, para o burguês escravo do doutor Sigmund, para a Miss Lexotan, para a garota que se acha, para o artista Júpiter Maçã, para o operário que nunca vai achar que vale tanto, para quem cata no banco a mais-valia e passa o rodo nas capitanias hereditárias, para o cachorro perdido na mudança e para o tiozinho do carreto, que amava Beatles, Dylan e Rolling Stones, mas nunca viu um show deles, *adiós*, esquece.

Amigo Adriano, aceite sugestão mestiça e de classe: que tal substituir o italianíssimo Imperador por Rei da Cocada Preta? Já que estamos viciados nessa efeméride picareta e monarquista de dom Pedro 2º, o que é que custa adotar título mais honesto com a história da República?

*Libelo em defesa do Fenômeno no episódio polêmico
da noitada no motel Papillon*

Como defendi, aqui neste mesmo panfleto ludopédico, que Ronaldo, o Fenômeno, encerrasse a carreira e caísse na vida, em vez de obedecer, em mais uma temporada, à moral cristã das provações eternas, sinto-me na obrigação de estar ao lado desse rapaz outra vez. Salve o lindo berço do São Cristóvão, Ronaldo, salve a estrela-guia e benza-te Deus contra as mazelas e mandingas dos atravessadores de caminho, saravá 9 eterno, que os zagueiros de todo o planeta viram ao longe, comendo a poeira das suas arrancadas, ou, pior, viram deitados, zonzos, de ponta-cabeça, como se fora um 6 triplicado da besta-fera em alta velocidade, verdadeiro filme de terror ou ficção científica. Em uma frase do Fenômeno, aliás, havia a explicação para tudo no tal episódio. Uma explicação de uma beleza extraordinária, poética, digna. Disse ele no primeiro momento do suposto escândalo – este cronista acha a coisa mais natural do mundo – que queria se divertir um pouco fora daquele mundinho óbvio das celebridades ou dos puxa-sacos e bajuladores. Sábio, dionisíaco, gênio!

Que me desculpe a sua namorada ou ex, mas a vida vai além, muito além, da curva lógica da idiotice de milhões de euros, a vida é um desvio de caminho, é uma madrugada no motel Papillon, acontece, ainda mais ali pertinho do Bom Sujeito, um bar de samba, como me informa um afilhado de Assis Valente, o Moreno que fez bobagem naquela linda letra, sem esquecer também o Steve McQueen, o Papillon da película homônima, preso injustamente na Ilha do Diabo, lembra?

Ora, ora, ora, que moral tem a Nike, que já teve a imagem envolvida em trabalho escravo no fim do mundo, ou católicos dirigentes do Milan, com toda a hipocrisia que esse qualitativo já embute, para lhe dar puxão de orelha? O que fez, sem entrar no mérito das meninas, afinal elas merecem também todo respeito, foi apenas encontrar um ponto de fuga na mesmice da beleza fácil e igualmente comprável. Só os tolos de alma não compreendem o que lhe passou na cabeça ali depois daquela tarde flamejante no Maraca, quando Obina, tal Fio Maravilha, foi ao nirvana. Nada fácil a chegada ao crepúsculo no mundo da bola, ainda mais ouvindo aquela massa rubro-negra. Eu vi que mirava o tempo todo o próprio joelho, como se refletisse sobre os seus futuros passos. Amigo, o que faltava para admirá-lo por inteiro, qual um Garrincha ou um Maradona, agora não carece mais. O tanque das devoções está completo.

Cabañas e a maldição de Tezcatlipoca

Aprendi com Lupicínio e com Cartola, caro flamenguista,
que uma dor ludopédica dói deveras, dói qual um chifre no amor,
a maldita bola nas costas

Maraca, 09 de maio do ano da graça de 2010. Amigo secador, quando viu o inocente casalzinho de quero-queros voar aflito sobre a cabeça do goleiro Bruno, Edgar, meu velho e mal-assombrado corvo, mandou por telepatia a primeira mensagem assustadora: Tezcatlipoca, uma das grandes entidades do feitiço mexicano, está na área. Mal fechou o bico, Tezcatlipoca, deus da Grande Ursa, do céu estrelado, do vento noturno e dos guerreiros que acreditam no impossível, moveu como uma pena um pesadíssimo herói de nome Cabañas: 0 a 1. "Os quero-queros abandonaram de vez a área do Flamengo", avisou-me o corvo. "Pode reparar no videoteipe do gol, meu incrédulo proprietário", disse a mística criatura, agora com a mania de ler o destino dos jogos pelo comportamento dos *Vanellus chilensis* – batismo científico das aves que adoram os nossos gramados.

Igualmente incrédulos estavam o doutor Sócrates e o Vladir Lemos, com quem este cronista, agora um autêntico "homem-mesa-redonda", batia uma bola antes da reestréia do "Cartão Verde" (TV Cultura) na noite de quarta. Se bem que o doutor, que conhece o babado, admoestava: "Time que ganhou título no domingo, sei não, tem tudo para perder de três ou mais, é humano, demasiadamente humano, que haja um desligamento".

Daí por diante o corvo, botafoguense qual o escritor Fernando Molica, grasnou alto no Maraca. E como aprendi, ao som de Lupicínio e de Cartola, que uma dor ludopédica dói deveras, dói qual um chifre no amor, dói como aquela bola nas costas que a desalmada nos impõe a certa altura do romance. Como se não bastasse toda essa dor, o Flamengo jogará, repare o que é o destino, amigo Márvio dos Anjos, para o silêncio monumental do Mário Filho. O jogo com o Santos, o maior das Américas de todos os tempos, será de portões fechados. Agora chega de infortúnios, embora o velho corvo peça que eu gaste baldes da tinta da galhofa. Chega, mal-assombrado menino.

Então falemos do Boca, implora o agourento, que também é preto e branco em Minas e morre de amores pelo Galo. O Boca é o Boca, tudo pode, sem surpresas. O Boca, ao contrário da ilusão e do clichê dos narradores brasileiros sobre a "raça" argentina, é cerebral, frio como um pinguim de uma nova zoologia fantástica de Jorge Luis Borges.

Aí os times nacionais se estrebucham, com a falsa mística de que "Libertadores é Libertadores", e esquecem-se do principal, a lição de Walter Franco: "Tudo é uma questão de manter a mente quieta, a espinha ereta e o coração tranquilo". Sim, a bela canção também poderia ter sido composta por Riquelme.

Deus e Carlinhos Bala na terra do sol

*O Divino revelou ao herói do Sport, antes do jogo, o desfecho
da conquista da Copa do Brasil na Ilha de Lost*

Deus é Fiel, mas, dessa vez, queixoso do mundo-cão, foi tirar uns dias
de folga no Nordeste, onde, em um semáforo na praia do Pina, no Recife, revelou a Carlinhos Bala, como a um dos seus profetas do Velho
Testamento, o que aconteceria na Ilha de Lost, também conhecida como
do Retiro.

"Filho, a princípio achei que era o Chico César, criatura de Catolé do
Rocha, mas reparo que és tu mesmo, menino Bala, como andas, prepa-
rado para a final com o grande Corinthians?", gracejou o Divino.

"Senhor, agora vejo que estás mesmo onde menos a gente espera, como diz a Bíblia", bradou a criatura, obra-prima da fusão do pequeno
David com o nosso herói Macunaíma.

"Filho, prepare-se para viver dias de glória, mesmo com todo o meu
respeito à fé cega dos admiráveis coríntios, bem-aventurados sejam os
renegados do Sport que tanto penaram pelas Segundonas da vida, os alvinegros mal começaram as suas peregrinações e são líderes absolutos."

"Senhor, vamos ganhar a Copa do Brasil, como na visão que tive no
gol salvador em terras bandeirantes?"

"Filho, como disse o bravo Juca Kfouri, tenho mais o que fazer nesse
mundão sem porteiras, *pero...*"

"*Pero* o quê, Senhor, até parece argentino com esse portunhol do

Herrera, pelo amor dos meus filhinhos, precisamos do título para lavar a nossa honra, é unanimidade entre os cavaleiros das mesas-redondas que o Timão já pode colocar a faixa."

"Calma, na carta do secador São Paulo aos coríntios há outro rumo."

"Senhor, o sinal vai abrir. Perdoe-me, mas tenho pressa, pois o técnico Nelsinho não tolera atrasos na Ilha de Lost."

"Bem-aventurado seja o Baptista, que suportou, com resignação e sabedoria, todas as humilhações da queda para a Segundona..."

"Mas, Senhor, vamos ganhar a Copa do Brasil? Perdoe minha objetividade burra!", apelou o boleiro, enquanto uma criança passava o rodinho no vidro do seu Audi prata.

"Tem comido cuscuz com ovo?!", Deus tentou mudar o papo, citando um segredo da força do baixinho.

"Cuscuz com bode também, Senhor, mas sem cachaça", respondeu, mais relax, o herói do Sport.

"Muito bem, era a comida dos homens fortes do deserto, viva os caprinos, incluindo os cordeiros, sagradas criaturas, mas um vinhozinho está permitido, pois nem Deus aguenta a sobriedade absoluta."

"Senhor, por que segura o sinal no vermelho tanto tempo? Creio que estamos conversando há horas."

"Assim será o jogo para os mosqueteiros paulistas, tudo trancado, não verão o caminho da rede após bem-sucedidas pescarias neste ano", disse o Divino.

"Embora tenha cerimônias de me meter nessas pelejas, os coríntios, quase sempre humildes, cometeram o pecado da soberba, pecado do meu apóstolo tricolor e ultimamente do Palmeiras do Luxa, sacas?"

Além do sinal, belas nuvens negras da chuva e da fartura nordestina encobriram o caminho de Deus naquela hora, quando o menino Bala recebeu a iluminação do título e espalhou para a incrédula mídia.

Ao longe, Deus cantou para o boleiro: "O bom menino Felipe, coitado, vai tomar um gol que pode parecer frango, mas, para quem sabe de futebol, será indefensável, espero que a amada fiel não o julgue, e que o caminho do rebaixamento seja leve!".

Santa Cruz, do purgatório ao inferno da 4ª divisão

O Santa Cruz, o social clube da "poeira", sinônimo de povão
no Recife das insurreições populares, não merece. E não me venha,
amigo rodrigueano, com essa de castigo dos deuses

A peça mais trágica do nosso futebol neste ano, indecifrável até para um Sófocles ou Eurípedes, é o inferno coral vivido pelo glorioso Santa Cruz Futebol Clube. O fracasso olímpico é nada, é varejão Ceasa da vida, diante do que o destino, ludibriado pela esperteza ilusionista dos cartolas – esses prestidigitadores miseráveis –, aprontou para o terror do Nordeste, como cifrou, no hino extra-oficial do clube, o velho e genial Capiba.

Nada será mais importante no próximo domingo do que o momento em que o Santinha, como é mimado pela sua torcida, entrar no gramado do Cornélio de Barros, o ninho do Carcará do Sertão, para o embate com o time do Salgueiro. Nem o mitológico Fla-Flu, o clássico que diz mais do Brasil do que mil bibliotecas, terá importância a essa altura. O San-São, no Morumbi, vítima da calvície ludopédica dos últimos tempos, também não traduz 10% da grandeza histórica do que veremos sob o sol de Pernambuco. Nesse momento, na av. Aurora de Carvalho Rosa, s/nº, o Santa pode se despedir da Série C, que, digamos, já é o subsolo do diabo, e alcançar a recém-criada e indefinida quarta divisão, mais terrível e assustadora do que "A Encarnação do Demônio", filme do gênio da raça mestiça José Mojica Marins, o Zé do Caixão. Se você, amigo corintiano, como o nosso mal-assombrado cineasta, acha que atravessa o purgatório ludopédico, imagina o que vem a ser isso, a Série D do Brasileiro!

O Santa Cruz, o social clube da "poeira", sinônimo de povão no Recife das insurreições populares, não merece. E não me venha, amigo rodrigueano, com essa de castigo dos deuses. Dessa até nós, amantes de mistérios esféricos do futiba e reencarnações possíveis, estamos fora. Foi coisa de gente de carne e osso mesmo. O Santinha é grande demais para descer a esse ponto. O Santa, orgulhoso com o Mundão do Arruda, por muito tempo o quarto maior estádio do universo, onde me iniciei na carreira de repórter esportivo, há de voltar a ser gigante, hiperbólico como Pernambuco, onde o Capibaribe e o Beberibe se juntam para formar o oceano Atlântico.

Que o bruxo Fumanchu, que formava aquele ataque dos sonhos com Nunes e Joãozinho, reencarne nos mais jovens tricolores que vestirem o manto coral daqui para a frente. Fumanchu, personagem de uma das mais belas crônicas de futebol que já li na vida, obra do escriba Inácio França, Santa Cruz de corpo e alma, que viu cair de um livro empoeirado a figurinha colorida do velho ponta e resolveu ir atrás da criatura, saber por onde andava, o que fazia... Era figurinha do álbum "Futebol cards", quem lembra?

Noves fora a nostalgia, essa doença infantil e inevitável que adquirimos aos 19 e levamos ao túmulo, é uma história linda. Aliás, o pior do futebol de hoje não é nem a grosseria dos boleiros de fazenda, é a impossibilidade de se preencher um álbum desse gênero. Os jogadores não ficam nos nossos times nem o tempo suficiente para que a gente os encontre no envelope de figurinha, esse doce e misterioso suspense das bancas de revistas.

A vida, amigo Samarone Lima, cronista de mancheia da história do Santinha, é e sempre será a chance de completar um novo álbum.

O corintiano que se foi e não viu o Timão subir

Ao lado do caixão, um fiel com a camisa da Gaviões, cutuca:
"Acorda, Alberto, vem beber com a gente, o Coringão subiu, rapaz"

Amigo torcedor, amigo secador, peço sua generosa licença para escrever ao meu tio Alberto, que acabou de partir desta para uma melhor sem tomar ciência da volta do seu Corinthians ao lugar de justiça e de direito, à Série A do Brasuca. Como andava doente e desmemoriado, vítima de derrame no cérebro, o velho Alberto não teve a felicidade de sentir o gosto do retorno alvinegro, como conta o filho Alexandre, um palmeirense que já encomendou a faixa do campeonato.

O dia da queda corintiana foi um dos mais tristes da sua vida, como deve ter sido para todos os fiéis do mundo. "Ele não acreditava, ficou emudecido aqui neste sofá em que estamos", relembra o primo verde. "A gente gozava um com o time do outro, mas nessa hora não tive coragem, era uma tristeza de quem perdeu gente próxima."

É, meu velho, como soprou aquele seu amigo, camisa da Gaviões ao lado do seu corpo: "Acorda, Alberto, vem beber com a gente, o Coringão subiu, rapaz". Terá festa, meu tio, no botequim do Paulinho, na sua rua, a Martim Lumbria, a antiga 28 do Parque São Rafael, pedaço da ZL paulistana que teve em você um dos desbravadores. Lembra quando chegou lá, poucas casas, quase um roçado? A festa já começou na cidade, mas ainda restam uns chatos fazendo contas, os de sempre, os que enchem a boca com o famoso "matematicamente ainda não está classificado" e outras sabedorias do mesmo naipe.

Tem farra também no Pacaembu amanhã, naquela mesma praça onde fomos a uns Corinthians x Santos. Desculpa aí, tio, mas, com o negão em campo, era covardia, você até parava de xingar para contemplar tantas obras de arte. Sim, o rival não será o Peixe, óbvio, mas o Ceará, não importa, o que vale é a tertúlia. O que importa, velho Alberto Novais, é que o alvinegro está de volta à chamada elite, e aqui não vai nenhum desrespeito aos bravos clubes da Segundona. É, tio, os fiéis andam até mal-acostumados: nunca viram tantas vitórias em série. Olha, não é por nada, mas, se a diretoria segurar o time, tem mais festa em 2009. É o que dizem, tio, é o que dizem.

Tem nego até pedindo o Douglas na seleção do Dunga. E não é loucura de tudo, amigo, qual camisa 10 temos hoje no país? Esse menino aí põe a bola no chão direitinho, aprendeu a regra das antigas, aquela da bola feita de couro, do couro que vem da vaca, da vaca que come a grama...

Tio, sabia que até os palmeirenses, são-paulinos e santistas estão sentindo a falta do Corinthians entre eles? É o que contou outro dia o Ugo Giorgetti, o cineasta de "Boleiros", em uma das suas belas crônicas.Mas vocês estão voltando, tio, pense nos fogos na sua ZL. Como disse aquele outro amigo corintiano no velório – sim, o gordo que estava com uma criança também vestida de branco e preto –, "Alberto merecia celebrar somente esta, depois partiria feliz na paz de Deus". Aposto, meu velho, que tia Nina abriria a exceção nesta data e você poderia tomar a cerveja que tanto apreciava. Com quebra-gelo nos intervalos, Paulinho, faz favor, o de sempre. Falar na tia, que mulher, que barra ela segurou desde que vocês se conheceram ao bater o ponto na fábrica da Swift! Isso sim é amor, o resto é carne enlatada. Descanse em paz, fiel corintiano, que amanhã eu bebo uma por nós!

Ronaldo, bem-vindo à cidade do pecado

Quando o Fenômeno chega ao Corinthians e cai nas graças da Fiel, mesmo sob a desconfiança de mil e uma noites sedutoras.

Como não adianta mesmo aconselhá-lo a deixar o futebol e só gozar a vida, como já fiz em outras ocasiões e cartas abertas, que seja bem-vindo a São Paulo, caríssimo Fenômeno. Não há praça melhor para se dar a volta por cima, esse teu louvável vício permanente, cristão-maoísta que és. Aliás, por falar em triunfos, basta que perguntes na esquina, a qualquer corintiano, que ele te dirá o caminho das pedras.

Não verás nação como esta, amigo Ronaldo, o que, como me sopra aqui o Vicente Matheus, o eterno presidente, "é uma faca de dois legumes": um dia te põe no céu, em outro dia te leva ao inferno, sem escala, afinal, a vida não tem purgatório, como na Divina Comédia, a vida é como a velha linha de ônibus Penha/Lapa.

Sim, Matheus, a sirene voltou a tocar no Parque São Jorge para anunciar a chegada do craque, teu time é notícia em "Oropa, França e Bahia", mais notícia em primeira página do que se ganhasse uma daquelas copinhas japonesas promovidas pela Toyota, uma contratação digna da tua mais intuitiva veia marqueteira, palmas! Faz tempo que o chapa Roberto Jardim me cantou essa bola, mais de ano, aqui em um cortiço da Bela Vista, dizendo que sonhou com o 9 do século estraçalhando a zaga do Mirassol em um vindouro Paulista, justo o Paulistinha-09, por coincidência capaz de consagrar qualquer numerólogo. Amigo Ronaldo, não vou perder tempo ensinando missa a vigário, mas uma coisa que sempre soubeste conciliar foi a tal da volta por cima sem abrir mão dos prazeres da carne. Humaníssimo Fenômeno. Portanto, amigo, não creias nessa lenga-lenga de que o Rio é mais pecaminoso que a capital paulistana.

Até o Luis Paulo Rosenberg, vice de marketing do Corinthians, que recebe o espírito de Vicente Matheus e consegue traduzi-lo para a modernidade – eis a sua lâmpada genial – disse uma coisa meio esquisita para o blog do Juca: "Ele quer a Copa de 2010. Se quisesse só dinheiro, iria para o Manchester City ou para o mundo árabe. Se quisesse só gozar a vida, ficaria no Flamengo, com as maravilhas do Rio. Mas está disposto a abrir mão de grana e de mostrar que quer voltar para valer".

O Rosenberg, que não é nada besta, sabe que a cidade do pecado no Brasil, a verdadeira Sin City, é esta na qual vivemos, aqui as coisas são mais bem-feitas às escondidas, aqui até o Fenômeno tem o benefício da dúvida, "sim, amigo, era um sósia, *por supuesto*", *San Pablo* tem as moças encobertas e mais lindas do planeta, afinal de contas o desejo à vera não é um corpo nu, a lei do desejo é sempre a caixinha de Pandoras e surpresas a serem desvendadas a cada mil e uma noites, não só no Posto 9, haja coincidência numerológica de novo.

Enfim, que Deus te proteja, menino Ronaldo, mas recomendo que esqueças qualquer Paris, qualquer Amsterdã, qualquer Barcelona, qualquer Milão, qualquer Rio... Aqui o bicho pega, aqui, por mais que tentem carimbar como cidade careta, não cola. Foi aqui, em *San Pablo*, repito, que Dionísio, apesar de todas as proibições das autoridades, resolveu, contra ventos e apagões de uma idéia feliz de cidade, sentar morada.

Santa Cruz e as dores do mundão do Arruda

É de amargar, como na letra do frevo clássico de Capiba,
tricolor doente. É de amargar...

"Aos pés da Santa Cruz, você se ajoelhou, e em nome de Jesus, um grande amor você jurou, jurou mas não cumpriu, fingiu e me enganou, pra mim você mentiu, pra Deus você pecou..." O vozeirão de Orlando Silva estronda na galeria do Bode Dourado, estabelecimento do amigo Cabeça Branca, ali na Encruzilhada, o jardim dos caminhos que se bifurcam as recifensidades.

E não é que o Santinha voltou a sucumbir, agora diante do Porto, o impiedoso gavião do agreste, inimigo declarado do projeto Fênix ao qual se agarra, como nunca dantes, neste 2011, o tricolor do Arruda. Sim, você há de dizer, tanto assunto importante, o Kaká na roda da fortuna dos xeques dos Emirados Árabes, e esse cronista chinfrim a tratar dos arredores do seu quintal. Tantas câmeras e vigilantes do peso focados, minuto a minuto, na barriga do Ronaldo, e você me sai com time da quarta divisão do Brasileiro. Quantas contratações importantes no mercado, o Keirrison no Palmeiras, o Bolaños no Santos, o rodízio à moda europeia do São Paulo, meu chapa, e você foge para a rua das Moças, bem em frente ao campo do time coral pernambucano.

Com a vênia e o perdão do amigo, retomo o drama do Santa Cruz com a grandeza que merece uma das mais proletárias e passionais torcidas brasileiras. A massa que celebrou no último domingo a primeira vitória em quase seis meses: 0x1 no Sete de Setembro, em Garanhuns. Era a arrancada não rumo a Tóquio, como na troça sem graça feita pelos torcedores do Sport, mas em busca da honra perdida, ponto inicial do projeto Fênix. Na noite de anteontem em Caruaru, a volta à casa do infortúnio: 4x0 para o Porto. É de amargar, como na letra do frevo de Capiba, tricolor doente.

Entendeu, amigo, como não existe nada mais relevante no momento do que a tragédia vivida pelo Santa? A depender deste cronista, velho Chico, a dor da gente sai na imprensa, chorada e escandalosa, em caixa alta, como no "Jornal da Morte", samba levado hoje pela Nação Zumbi e por Roberto Silva em morros de outrora. Vítima de malandragens profissas e diretorias sem amor ao clube, além de uma boa dose dos azares do mundo, o Santa Cruz tenta se reerguer, mas como um Cristo que apanha em público.

Não há como ignorar o lamento negro de um taxista que cruzava outro dia comigo a avenida Agamenon Magalhães: "Meu Santinha, doutor, a gente não merecia esse castigo!".

Se o folclore atribuía, nos anos 80, infelicidades do Náutico a um boi sonegado a Pai Edu e Xangô – os cartolas prometeram e não cumpriram o sacrifício –, parece que o Santa Cruz, como zombam hoje os próprios fãs do Timbu, ficou devendo uma boiada nos terreiros de Olinda. É, meu caro tricolor, é mesmo tragicômico, mas domingo, na reinauguração do Colosso do Arruda, com 60 mil almas penadas e resistentes, o time coral tenta outra vez sua bela arrancada. Não há momento mais simbólico do que voltar a um dos estádios mais bonitos do mundo. Os novos homens do comando, dizem, trabalham pelo projeto Fênix. Têm o aval e a fé da torcida. Que Nossa Senhora da Conceição, ali do milagroso morro de Casa Amarela, rogue por todos. E que o Central, a patativa de Caruaru, a rival da festa, não esteja em dia de mal-assombro.

É, amigo, tantos assuntos, e você me vem com a dor em preto, vermelho e branco. Entendo, amigo, tem a coisa da grandeza histórica de

Pernambuco falando ao mundo. *Gracias* pela compreensão. E agora dá licença que eu vou ver de novo o espetáculo do Capibaribe e o Beberibe se juntando para formar o Atlântico.

Neymar larga as fraldas das promessas

Quando Ronaldo voltava ao Brasil, outro fenômeno estreava como profissional pelo Santos Futebol Clube

Esta semana pode entrar para a história das nossas artes ludopédicas por dois fenômenos, um que já provou tudo e não precisa provar mais nada a ninguém, e o outro que está saindo do berçário das promessas para debutar, quem sabe, no mesmo chão de estrelas.

Enquanto celebramos o retorno de Ronaldo às nossas várzeas, contamos as horas para ver o menino Neymar na sua estreia como profissa. Deve acontecer amanhã, no Pacaembu, e não poderia haver terreno mais místico, contra o Oeste, sob o olhar de muitas testemunhas de Giovanni, de peixinhos à Diego/Robinho e das honradas viúvas em negro do 10 supremo.

O normal agora é que os garotos sejam vendidos precocemente ao estrangeiro. Nem estreiam mais nos times que os cevaram, como outros dois casos recentes, Rafael e Fábio, irmãos gêmeos que trocaram as Laranjeiras, aos 15, pelo Manchester.

Para conhecer os talentos antes que eles se mandem só a gente vendo os jogos na fase dente-de-leite e juniores, como faz o escriba André Barcinski, que me falava ontem de outro moleque do seu Fluminense, o Wellington, 16, o qual vê desde os nove anos. O pivete vai para o Arsenal. Sem nem ter pelo menos 15 minutos como profissional no Maraca.

Sorte tem a torcida do Sport, que pode ver Ciro, o vingador do sertão em busca da conquista da América. O fenômeno da Ilha de Lost. E a arena do rubro-negro tem outro apelido na Libertadores: Bombonilha, título de retumbante frevo de Marcelo Pereira com o Quinteto Violado.

Mas que se registre a sacanagem com o torcedor mais humilde, aquele que dá o sangue pelo Leão no Pernambucano, aliás tão difícil quanto o torneio do continente. Com ingresso a cem mangos, a senzala fica a ver só a folia da casa-grande. Sim, a diretoria encheu as burras, mas quando já se viu o Adelmar Costa Carvalho com só 20.184 almas (a capacidade é de 35 mil) em vermelho e negro para um jogo desse porte?

Voltemos aos meninos. Anote outro futuro fenômeno: Leozinho, do Icasa, o Verdão do Cariri que despachou a Lusa no Canindé. Joga muito essa criança, eu estava lá, com os meus quase dez graus de miopia e astigmatismo, e assino embaixo.

E concordo que algumas coisas só acontecem com o Botafogo. Mas é com a Portuguesa que o caldo entorna. Tem outro time tão mal-assombrado quanto, o Náutico dos Aflitos, mas esse morre na praia de Boa Viagem, enquanto à Lusinha resta o leito cimentado do Tietê e seus piratas, como no desenho genial do Laerte.

Jardel reconhece o purgatório

Herói do Grêmio e do Porto, depois de viver o inferno
de todas as provações, ressurgiu com um golaço pelo Ferrim,
o time que o revelou ao mundo

Deus está nas coincidências? Praticamente no mesmo momento em que Ronaldo deixava o Pacaembu sob justos vivas, salve, salves e oxalás da Fiel, outro homem-gol cosmopolita, o Jardel, retornava aos campos após longa temporada no inferno.

Se Ronaldo, craque com firma reconhecida em todo o mundo, fez dois tentos à moda Jardel no seu projeto Fênix, coube ao grandalhão, herói do Grêmio e do Porto, ressurgir das cinzas com um gol *à la* Fenômeno. Eram quase 40min do segundo tempo quando o SuperMário, como é conhecido em terras lusitanas, deu um toque sutil, lindo, lindo, e encobriu o goleiro Tony, do Quixadá, Ferrim 2 a 0. O Tutuba, mascote do time da linha férrea, o Tubarão da Barra, abraçou o eterno 9 coral como a mãe que acolhe o bom filho que à casa torna – após bíblicos 18 anos de separação. Seria como se Ronaldo, em vez do Corinthians, estivesse ressurgindo no São Cristóvão, suburbanos corações ludopédicos da Guanabara. No primeiro gol do Ferroviário, nove vezes campeão cearense, o espanador-da-lua já havia sido o autor intelectual do crime. Foi ele quem atraiu a atenção dos canarinhos para deixar Léo Jaime livre para tirar o garoto-do-placar do sono profundo.

O Elzir Cabral, estádio do Ferrim para 5.000 almas, não devia contar com 10% do público do Paulo Machado de Carvalho, mas o foguetório e a zoada foram tão grandes quanto nas várzeas de Piratininga. Se Ronaldo estava consolidando mais uma de suas belas voltas por cima, amparado por uma moral que reúne fé popular, marketing e a bocarra gananciosa dos executivos de televisão, Jardel tentava apenas sair do inferno à vera, o inferno dos que esperneiam por uma mão amiga. Como o outrora Rei de Portugal confessou aos microfones e câmeras, só mesmo a cocaína, a dita caspa do capeta, foi sua companheira inseparável nos últimos tempos. Perambulou em Santa Catarina e Goiás, após o giro europeu que incluiu Turquia, Inglaterra e a Segundona da Itália. Desceu aos infernos mesmo, velho Dante, com uma das mais cruéis combinações que pode chegar às narinas de um homem: desilusão amorosa, por pura sabotagem em nome do crime noturno, e o pó branco que fornece a ilusão da bela vida.

Jardel, 35 anos, idade do meio do caminho de nossas existências, segundo o poeta da "Divina Comédia", ao entrar no campo parecia esticar o pé direito rumo ao purgatório. Para o autor de gols feios e importantes dos seus times, normalmente as cabeçadas que furavam a camada de ozônio, mais do que o futebol o que importa é a recuperação do homem. Quem sabe aquela bela gaúcha que ele ama até hoje e perdeu por besteiras próprias, quem sabe um dia também não volta, um dia, quem sabe, o futuro a Deus pertence, assim como o inesquecível faro de gols desses caras que nasceram para mandar lá dentro mesmo quando parecem gordos como tatus-bola.

E, com toda a vênia da torcida fanática do Ferrim, como Jardel cairia bem no Grêmio que tem perdido os gols mais feitos do mundo. Que tal, amigo Peninha, resgatar o ídolo?

A beleza da firula inútil no menino Neymar

Buscar sentido prático e objetivo em algumas jogadas,
é como buscar a utilidade da poesia

Ih, bastou o menino Neymar fazer a sua primeira graça, na peleja com o Rio Branco, para que os cavaleiros da mesa-redonda apontassem suas lanças e baionetas contra o Pequeno Príncipe da Vila. A ladainha é das mais antigas: a utilidade ou não da firula para o jogo. Como se a poesia tivesse serventia no mundo. A poesia, como a graça lá na bandeirinha do escanteio, é inútil, inútil na sua beleza, e basta.

É como o ziriguidum da deusa do bairro que nunca vai nos dar bola, mas nem por isso deixa de ser um alumbramento quando passa. Só um boleiro muito burro joga sempre e cegamente em direção ao gol. Quem joga o fino pode tudo. Neymar pode até não vingar como craque, mas toca na bola como um, é clássico, como o Meninão do Caixote, o filho do João Antônio, bamba na sinuca de Lapa, Vila Ipojuca, Leopoldina, Pinheiros, Tucuruvi e Osasco, onde fez o nome no pano verde.

Correr sempre rumo ao gol é tão entediante que Garrincha ia e voltava na mesma jogada só para não chegar logo e perder o sentido da existência. O bonito é o abuso com a redonda, tratá-la por minha nega e deixá-la mexendo o rabo como cadela de estimação a sorrir no portão. E, se quer saber, leitor do futebol de resultados, o gracejo, como se não bastasse a poética, ainda ganha jogo, humilha, destrói o rival a cada lance.

Não se profissionaliza um garoto abusado de uma hora para outra.

Tanto que Neymar, como informou Cosme Rímoli, foi barrado pelo pai, na semana passada, saindo de casa para jogar a pelada de sempre, na praia, com os amigos. Deixa o menino brincar, como no verso de Jorge Ben Jor sampleado por Mano Brown.

Na peleja histórica de domingo, no Paulistinha que aos poucos vai encobrindo a toda-poderosa Libertadores, além dos pivetes da Vila – Ganso é outra potência ultrajovem –, tem Dentinho, garoto arisco, liso que só um mussum do Tamanduateí em tardes de enchente. Será o clássico do sorriso de arame, o clássico do aparelhinho nos dentes. E se Ronaldo, outro dentuço, jogar como o moço do alambrado, e não como o craque de "Caras", nossa, será um jogo para ser enquadrado na hora no museu do estádio.

Um Corinthians x Santos como um soneto, retrato em branco e preto para maltratar mais o coração do que a música homônima de Tom e Chico, afinal, dor de corno até pode ser chique, embora todo sofrimento, no amor como no futebol, sempre esteja mais para o brega e a linda descompostura das almas bêbadas.

Tango para corações apunhalados

O verso de Maradona, após a tragédia na montanha mágica de Evo Morales, é o que difere o argentino do brasileiro na geografia da bola

Muitas *cositas* nos diferem dos argentinos, mas, nas tragédias ludopédicas, *sin embargo*, surge a mais estupenda das diferenças. Os *hermanos* se mostram desavergonhadamente passionais e buscam entender o revés muito mais pela alma do que pela técnica. Nós instalamos imediatamente, torcedores e crônica esportiva, uma caça às bruxas. Eles fazem letra de tango à Gardel a cada frase, a cada desabafo de sofrimento. Repare na declaração de dom Diego Maradona, este gênio que carrega no seu encalço duas sombras permanentes, a da glória e a da tragédia. Disse o técnico, logo após a derrota: *"Qué le puedo decir al hincha argentino? Que yo sufrí con ellos y que cada gol de Bolivia era un puñal en el corazón"*. Sim, o que posso dizer aos torcedores? Que sofri com eles e que cada gol era um punhal no coração. É ou não o país do tango pronto?

Já fomos tão passionais quanto o "lunário sentimental" do escriba Leopoldo Lugones, filho do rio seco de Córdoba. Hoje, porém, nos vemos cerebrais, tão poéticos quanto a prancheta com o desenho do 4-4-2. Com as derrotas históricas dos nossos times, na hora do despenhadeiro da Segundona, por exemplo, até que conseguimos beber uns tragos com a solitária azeitona do martírio dançando nas nossas bocas momentaneamente banguelas. Vimos tal drama outro dia na queda e ascensão do Corinthians, com o abismo coral do Santa Cruz, com as despedidas de

Fla e Flu da Libertadores, igualmente devorados pelo cabeludo monstro da soberba que costuma perseguir os falastrões e os conquistadores de véspera.

Após 1982, com o melhor futebol que uma seleção já exibiu desde a invenção da bola, transformamo-nos em um país de cricris e secadores de nós mesmos. Isso não ocorre com os argentinos, ainda mais com o deus Maradona no comando. Os *hermanos* estão chorando até agora o massacre que sofreram na montanha mágica dos xamãs de Evo Morales. Claro que tivemos razões de sobra para endurecer nossos corações, mas ficamos excessivamente chatos, uns cobradores em plantão 24 horas, uns bedéis ludopédicos, umas madres superioras e enfezadas. É pau no escrete canarinho sob qualquer hipótese, se ganha de 3 a 0, se empata na altitude e, óbvio, ainda mais, nas raríssimas derrotas.

Estamos como um velho reclame de uma cachaça de Vitória de Santo Antão, Pernambuco, terra do Osman Lins: "Se o seu time ganhou... tome Pitu; se o seu time empatou, Pitu; se o seu time perdeu, Pituuuu". Claro que Edgar, meu estimado corvo, grasnava de prazer a cada flechada dos índios de Morales nos costados do inimigo do rio da Prata, mas o sentimento de Maradona, em forma de letra de tango, foi uma das coisas mais belas dos últimos tempos no gelado mundo dos pebolistas. Tragédia que embutia na humilhação histórica cheiro de sangue e de conquista da próxima Copa do Mundo. Time tem de sobra para tal fim, e dom Diego merece essa glória.

É, amigo, como cantava o velho Belchior, "tenho 25 anos de sonho e de sangue e de América do Sul", mas, por força do meu destino, hoje, pelo menos hoje, comovido qual um Maradona, "um tango argentino me vai bem melhor que um *blues*."

De que vale o Império Romano diante da Vila Cruzeiro

De que vale Milão e todo o seu luxo, de que vale Ferrari,
modelos ou o futuro, se Adriano está com os olhos embaçados
pela fuligem ácida de existência troncha?

Noves fora qualquer julgamento – que moral tenho para fazê-lo?! – ,
é tocante essa história do Imperador que busca refúgio e alívio para o
desassossego na sua saudosa maloca. Quando o gigante desaba, e desaba
na humaníssima frequência das criaturas que não aguentam o tranco das
dores do mundo, é lá na Vila Cruzeiro que o cara reencontra o mínimo
de eixo.

É na cadeira de lata do bar da favela, como descreve o leitor Marcos
Barbosa, que ele acha o bálsamo. Não é na boate da moda na Europa
ou no Rio. Que me desculpe, amigo, a comparação barata deste cronista que ama um bom populismo à milanesa. É na primeira cerveja
esclarecedora e de direito, aquela que limpa os caminhos do filho que à
casa torna, que um homem redescobre a razão mínima para estar vivo.
Pouco importa se a causa do infortúnio é a dificuldade de lidar com o
sucesso, como apontam psicanalistas, ou uma dor de cotovelo digna de
letra de Lupicínio Rodrigues.

Nesse momento não adianta afogar no álcool a sua lembrança, como
na vingança ridícula da música de Cartola. Não é um trago em qualquer canto, não é um fogo no primeiro bar que encontra aberto, não há
fuga possível a não ser na quebrada existencial de sua origem. É lá que

abraçamos com força os nossos rancores, é lá que o moreno, por mais bobagens que tenha feito na vida, ganha colo quente e cafunés sinceros que fazem bem ao juízo.

Sim, o amigo aí, equilibradíssimo, quase sem defeito de fábrica, homem imaculado, pode achar que se trata de um maluco, de um irresponsável, de um cara que rasga dinheiro. Você, leitor mais sensível, pode recomendar uma terapia intensa etc., algo para fazer uns ajustes na cabeça do rapaz. Mas nada substitui esse retorno, como um caubói ferido, ao velho rancho. De que vale Milão e todo o seu luxo, de que vale Ferrari, modelos ou o futuro, se o cara está com os olhos embaçados pela fuligem ácida de existência troncha? Como no poema de Manuel Bandeira, "que importa a paisagem, a Glória, a baía, a linha do horizonte? – O que eu vejo é o beco".

Com o guarda-metas palmeirense não tem essa de medo
do goleiro diante do pênalti

Existem criaturas a quem os deuses dão muito, mas de quem os homens exigem mais ainda para glorificá-los. Um deles é Marcos Roberto Silveira Reis, caipira de Oriente (SP), o boa-praça que defende o gol do Palmeiras e mais ainda a dignidade na vida contra as flechas envenenadas do mau-caratismo. Por muito menos, falsos milagrosos foram idolatrados, enquanto, por algumas falhas do ofício, ele foi posto em xeque. Ninguém teve suas humaníssimas falhas tão repetidas pelo videoteipe. Ninguém tem sido tão dependente dos milagres como ele, cuja trajetória se parece com a de outro canonizado pelas massas, sim, ele, o Fenômeno.

Fazer a sua parte é fazer sempre muito mais que os outros. Sempre quase nada marqueteiro, que só nos parece visível nas noites milagrosas. Duro, Marcão, ser festejado só sob a tenda dos milagres, jamais nas atuações normais. Duríssimo, meu velho, precisaste, novamente, de mais uma jornada regida pelas tábuas do sobrenatural para que te celebrassem. Até traíras internos espocaram champanhes e caramurus.

Pena, meu caro, que tenha sido justamente contra o Sport, na noite em que o Leão da Ilha foi mais bravo do que nunca, apesar do zarolhismo ludopédico de alguns que te enxergavam em outro lugar da meta. Mas não seria esse mais um superpoder? Dirás, como é do feitio, que ninguém ganha sozinho etc, mas diga, meu velho, onde estava o Palmeiras naquela noite abafada? Foste tu, ô marvado, que paraste a fera.

Vi o jogo com o amigo Serginho Barbosa, timbu doente, de férias em São Paulo. O cara secava, com um risinho, o aguerrido Leão do Norte: "Com São Marcos, pênalti não é loteria, é certeza absoluta".

Com São Marcos, camarada Wim Wenders, não tem essa do medo do goleiro diante do pênalti. Eu que não queria um dia estar na pele de um batedor com tamanha responsa. Mesmo que eu fosse um frio e sanguinolento Sandro Goiano da vida. Má sorte a do rubro-negro que te pegou pela frente em mais uma noite iluminada. Tantos Madureiras peruanos, tantas babas nas cordilheiras, tantos classificados biônicos (como Nacional e São Paulo), e o Sport, grande como nunca, se depara com a divindade de um goleiro. São Marcos e todos os santos terrenos, "rogai por nós que recorremos a vós", e vida longa embaixo ou fora das traves.

Futebol pelo rádio é filme de Hitchcock

*Viva os grandes romancistas brasileiros como Waldir Amaral,
Fiori Giglioti, Osmar Santos, Geraldo José de Almeida, Jorge Curi,
Edson Leite, Ranzolin, Willy Gonzer, Garotinho, Pedro Luis...*

Amigo torcedor, amigo secador, se for ouvir o jogo do seu time pelo rádio, não dirija. É mais ou menos o que aconselham professores da Universidade de Leicester, na Inglaterra, que acabam de divulgar uma pesquisa sobre o tema.

Um perigo, alertam os mestres, você pode bater o veículo, provocar acidentes, abismar-se com as fortes emoções do velho *speaker*, como eram chamados os nossos locutores.

É a ciência outra vez gastando milhões para comprovar as teses chinfrins do boteco, mas tudo bem, é do jogo, vale o publicado na *Science*, garçom, a saideira, e passa a régua. E nem precisa estar guiando o seu possante, desde o Corcel 73 do Raul que a gente sabe, ouvir futebol pelo rádio é um perigo. O Marcelo Mendez, *hombre* de raízes bascas e nordestinas – belas misturas de São Paulo –, outro dia quase desinfeta o beco, quase estica as canelas, quase para de fumar pela última vez o Continental sem filtro da existência. O amigo palmeirense chegou a dar uma bofetada na velha da foice. Ouvia a decisão dos pênaltis, com o Sport, com o radinho colado nas oiças. A bola mal saiu da cal e, por um rápido cochilo, o locutor gritou gol em uma cobrança que foi, deveras, defendida por São Marcos de Oriente e Região.

Princípio de enfarto, mas tudo bem, o triunfo na Ilha de Lost e a medicação materna, uma mezinha de ervas brabas, salvaram o moço. A narração pelo rádio mata mesmo, mas que maravilha, seu Waldir Amaral, tem peixe na rede do Vascão, Fiori Giglioti, seu Osmar, seu Geraldo José de Almeida, seu Jorge Curi, Edson Leite, Ranzolin, Willy Gonzer, Pedro Luis, Francisco Silva, o Foguinho, que concluía as transmissões longe da sua Juazeiro do Norte dizendo mais ou menos assim aos ouvintes, tom dramático, *please*: "Boa noite a todos, se eu voltar, Deus estará comigo, se eu não voltar, certamente estarei com Deus".

Amigo, vou esquecer de citar muitos heróis da literatura oral brasileira, mas não o Ivan Lima, "o gandulão de ouro", gênio na arte de fazer viajar a nossa imaginação, ainda na invicta Recife, um verdadeiro Hitchcock do suspense ludopédico. Sim, de preferência com os comentários de José Santana, grande dupla. Senhores professores, para voltar à pendenga dos livros nas escolas paulistas, adotem a narrativa do rádio para atiçar o juízo e a capacidade de contar histórias das crianças e dos pobres adultos, criaturas paralisadas pela ferrugem da chatice e do politicamente correto. O mais é o coro dos hipócritas, como me escreve a mestra Eurídice, educação da pedra, resistência do pó de giz. Hei de vencer, professora, mesmo sendo muito romântico, mesmo secando o São Paulo e contraditoriamente querendo o bem e a sorte para o menino Denis, que fogueira, logo na Libertadores! Mesmo não compreendendo, nunca, como a torcida tricolor blasfema contra o Muricy, bando de mal-agradecidos.

Hei de vencer, Eurídice, mesmo achando mais graça em um Icasa x Salgueiro, do que na pelada que foi a Champions League. Como uma defesa inglesa toma um gol de cabeça de um tampinha (genial) daqueles? Mano Menezes jamais permitiria. Mas parabéns à torcida catalã do Crato, que, a exemplo dos grenás, sempre desejou se tornar uma nação independente e apaixonada.

Maria Chuteira, essa heroína nacional

Ninguém beija aliança ou faz o coraçãozinho na mão
para oferecer o gol à nobre moça dos amores clandestinos

Na efeméride dos pombinhos, louvação especial àquela moça, pobre moça, normalmente execrada no mundo do futiba. Ela suporta, fiel e resignada, o banco de reservas, ela não nasceu para matriz, amar demais passou a ser o seu defeito, mesmo sendo apenas a filial. Mais importante do que qualquer camisa 12, ela não treina, não joga, mas é quem salva as concentrações, os Carandirus ludopédicos, do tédio e da miséria humana, reanimando o boleiro para o clássico. É ela quem diz "xô má fase, xô uruca", é na Maria Chuteira que estão os poderes.

A Maria Chuteira está para o atacante em jejum como São Pedro, padroeiro dos pescadores, para os velhos Santiagos de Hemingway que não veem há tempos um grande peixe na rede. Ela é a Iemanjá dos gramados.

Ninguém beija aliança ou faz o coraçãozinho na mão (como o Pato devoto da sua noiva gazela) para oferecer o gol à nobre moça dos amores clandestinos. Nem quando nasce o seu filho por fora, o atacante faz o gesto inventado pelo Bebeto na Copa de 94 – o Nana Neném para as câmeras é exclusivo da família oficial.

Pobre moça dos afetos paralelos, és a Maria Madalena do mundo da bola. Meu glorioso Santo Antônio, na véspera da sua data e no Dia dos Namorados, protegei a Maria Chuteira, ela também é filha de Deus.

Tudo bem, moralistas a julgam oportunista, perdoai, eles não sabem o que dizem. Não sabem o peso de ser a outra permanentemente. Boleiro é mais moralista ainda, separa mulher para casar de mulher para o recreativo social clube. Treino é treino, jogo é jogo, vale a máxima do Didi, sempre, ô raça, como blasfemaria o chapa Tutty Vasques.

De todas as Marias, a Maria Chuteira, amigo, é a mais perseguida e folclorizada. Nem a Maria Gasolina sofre tanto na encruzilhada pseudomoral. A Maria Coxia (teatro), a Maria Edital (cinema), a Maria Balão (HQ), a Maria Ervas Finas (chef de cozinha) usufruem sem preconceitos da admiração pelos artistas. A Maria Teclado, nem se fala, ama jornalistas e escritores e ganha o status de musa. A *groupie* de astro de *rock* ou de qualquer garoto de banda, nossa, *no problem*, amor livre sem os beques morais da sociedade.

Maria Chuteira não, pobre moça. Ela chega cedo ao centro de treinamento, CT, acompanha a chatice dos treinos táticos, aguenta os professores Pardais e seus 3-3-4, seus 3-5-2 noves fora nada, espera os cobradores de falta chutarem contra barreiras imaginárias...

Sim, Maria Chuteira, uma heroína. E imagine aguentar o 171 de boleiro nas oiças? Se homem normal já mente à beça, imagine um "migué" ludopédico no juízo. Sorte que é tudo menino, quando acha que está entrando com bola e tudo, ela já está fazendo o teste de DNA na esquina. Certíssima.

Congratuleixons, seu Joel

Que pena, quando o técnico brasuca da África do Sul já ensaiava
um "Go home, Padilha", o time da CBF me acha aquele gol do nada

Yes, meu estimado corvo Edgar gosta de secar até em pelada de garçons sob o Minhocão ou no aterro do Flamengo, mas secar a pátria de chuteiras, a seleção do Brasil e a histeria amplificada de Galvão Bueno é sua maior perversão ludopédica.

Ontem, que pena, nesta Copa 2010, em um rápido cochilo no final do jogo, por causa de uma diabólica gazela da Vila Pompeia, o agourento perdeu a concentração e, pimba, o vira-lata da sorte sorriu para Daniel Alves e Dunga. Que pena, quando o Joel já ensaiava um "*Go home*, Padilha", o time da CBF me acha aquele gol do nada.

Lamentável, amigo da vuvuzela, após fungar quase 90 minutos no cangote dos brasucas, os guerreiros d'África viram a zebra matreira se esconder atrás da moita da savana. Poxa, Edgar, isso é hora de virar o pescoço para o *derrière* da vizinha?! Tudo bem, eu entendo, os trajes eram matadores para uma tarde invernosa, o sorriso era de tirar o emprego da Monalisa, mas, poxa, justamente no momento da cobrança de falta, única possibilidade de furar o esquema do nosso Santana. Sim, compreendo, você havia desgastado o poder de agouro mandando Palmeiras e São Paulo para os seus lares em desalinho, isso tira a concentração. Porém, Edgarzinho querido, era só segurar mais cinco minutos, incluindo os acréscimos, e massacraríamos na prorrogação o modorrento time amarelo.

Uma pena mesmo. Após tanta festa da torcida, a alegria ainda é a prova dos noves, velho Oswald, uma prova de que é se organizando que podemos desorganizar, caro mestre Science. Lamentamos, seu Joel, logo ontem que mostraste que no futebol não há monoglotas, que a língua da *buela* é a mais cosmopolita de todas, é o verdadeiro esperanto do planeta.

Quase, hein, papai Joel, quase devolveste as gozações por teu inglês de várzea, mas fluentíssimo dentro das quatro linhas do gramado. Pô, Edgarzinho amado, não amofina, retoma as forças e se guarda para o domingo. Sei, amigo, você tem aquele velho bode de ex-comunista com os EUA, mas a zebra está acima de qualquer sobra ideológica. Levanta e anda, meu rapaz, e faz fileira com a águia enfurecida do Obama.Sim, já perdoei pelo vacilo, acontece nas melhores famílias de predadores e rapinas. Verinha estava imbatível com a roupinha de ginástica nas cores do seu (dela) Palmeiras. Força, amigo corvo, e segue ensinando o emblemático "neverrrmó" caipira ao tio Joel, ele merece, não desanima, temos um Brasileiro inteiro pela frente, segue firme que a nação secadora faz figa e mandinga por todos nós. Não, amigo, nada de demonizar a fêmea por causa do seu descuido, os orixás do futebol também dormiram de touca, fica calmo, a vida é como campeonato baiano – sempre tem volta, turno e returno.

De nada adiantou secar o Todo-poderoso Timão

Quando o cronista comunica o sumiço do seu estimado e agourento corvo Edgar. Terá sido jantado, como no filme "Gaviões e passarinhos"?

Venho por meio desta comunicar o desaparecimento do corvo Edgar, visto pela última vez no primeiro tempo de Inter x Corinthians, quando ainda tentava, em peleja vã, emitir forças malignas em direção às margens do Guaíba.

De nada adiantou este zeloso amo preveni-lo, dizer que o time do Mano era à prova de água, fogo, sinistros e agouros. De nada valeu dizer que o Beira Rio não guardava os mesmos mistérios da Ilha de Lost – temporada 2008 do Sport –, de nada adiantou a ameaça de cozinhá-lo à cabidela, numa versão brasileira da janta italiana do Totó, personagem do Pasolini que comeu o seu próprio e querido corvo à milanesa.

O nome da fita, a propósito, é "Gaviões e Passarinhos" (1966), belíssima parábola sobre o mundo dos marginalizados na história. O mais, só o José Geraldo Couto, craque do cinema, explica no sábado.

Para este cronista mobral, o batismo do filme não passa de alegoria da Copa do Brasil que ora findou-se. Os alvinegros de rapina, no controle do cérebro e na dança sagaz, com os seus botes certeiros sobre os adversários. Oponentes que pareciam fortes e imbatíveis, mas não passaram de frágeis pintassilgos ou curiós. De nada adiantou alertar o corvo de que o Chico Mattoso mal estava dormindo. A santa vigília que fizeram os corintianos roxos, como o Fábio, filho do Frê, entre outros.

Também repisei uma velha tese caseira ao maledito: quando o Corinthians triunfa a cidade de São Paulo fica mais feliz, o café, mais quente e a cerveja, mais gelada. Fazia ouvidos de mercador o danado, orgulhoso por já ter sido responsável pelo *"adiós"* de tricolores e palmeirenses da Libertadores. Bem que falei, com o Corinthians é diferente, o agouro não cola porque enfrenta uma religião, não só um time. É brigar contra todo o panteão dos deuses. As entidades de todos os altares, himalaias e terreiros.

De nada adiantou fazê-lo ouvir, na manhã da quarta, o brado retumbante dos operários da construção aqui da rua doutor Augusto de Miranda, na vila Pompeia do *rock'n'roll*. "Ceará, hoje é nós e ninguém tasca", gritavam uns para os outros, emendando com o "timão ê ô" que emergia da feira da Tavares Bastos. Estava escrito nas estrelas e nas tábuas de Moisés, seu corvo de merda, agora fico eu aqui, miserável, sentindo tua falta. Antes tivesse jantado minha estimada ave. Quem sabe algum gavião não tenha o feito?! Marcelo Ferla, amigo gremista, me consola num desses telegramas modernos, o Facebook: diz que viu o Edgar em uma tertúlia na Carmem, a melhor casa de moças de fino trato. Sim, em Porto Alegre, na madruga de ontem. O corvo é mesmo rarigueiro. Adora o Pops Drinks e toda uma sorte de ambientes familiares do Brasil da Copa do Brasil. Sim, o corvo só vê jogo com a turma do Trajano, na ESPN. Odeia os monopólios. Edgar é um tremendo comunista. Em Juazeiro, terra do Icasa, Edgar ia no Borbulhas de Amor. Em Caruaru, na Zulmira, a quem foi apresentado pelo Halley Bó, longa data. Em SP, amava o Terceiro Uísque e agora vai no Amistosas com o Mário, o Jordão, o Brum e o Carcará. Amigo, agora falando sério, se souber do paradeiro do meu bode com asas, cartas para a posta-restante deste periódico. Remunera-se.

Sobrou até para o Jason são-paulino

*Os mascarados e zumbis proletários, seja no Morumbi ou
na geral do Maraca, dão graça lindamente infantil ao futiba*

Na cidade proibida, agora sobrou para o Jason, personagem de "Sexta-Feira 13" reencarnado no outrora morto-vivo time do São Paulo. No futebol, quem não faz leva; na política e na segurança pública, quem não faz proíbe, fecha, prende e arrebenta. É proibido beber cerveja, levar bandeiras, batucadas... É proibido placa, luminoso, andar de fretado, fumar, é proibido morrer sem saúde na bucólica Piratininga.

Claro que, nesse embalo, sobraria para o Jason na metrópole que incorporou as proibições como obra de governo ou estratégia de polícia no reino do Tucanistão kassabista. Ora, deixem os são-paulinos celebrarem o retorno ao bom combate. O amigo, arquibaldo ou geraldino, tem que mostrar a cara para facilitar ser identificado como bandido. É o argumento dos homens, "teje preso", não se mexa. E se fossem policiar o carnaval de Veneza ou a folia do Recife... Melhor: se cuidassem do carnaval de Bezerros, onde 300 mil pessoas se vestem de papangus, inventivas máscaras do agreste pernambucano.

É, velho Oswald, a alegria era a prova dos noves, agora danou-se, o alcaide acaba com a festa e as demais autoridades passam o rodo. A onda é fechar, rebocar paredes de boates e botequins, expulsar as moças dos saudáveis *rendez-vous*, pôr a ordem que acham correta e ganhar votos e aplausos de certa fatia da classe média ou dos pobres em Cristo que já fecharam suas almas para balanço.

Os Jasons, assim como os tantos zumbis ludopédicos do Maraca, trazem a criancice aos adultos e empolgam mais as crianças. Ainda bem que estão soltos nos estádios e nas ruas os sacis do Beira-Rio, os papões da Curuzu, os galos das Gerais, os orixás da Bahia, os Hulks dos times clorofilados, as caveiras e as múmias gigantes de todas as praças etc. Como se não bastassem os desmanches e toda uma sorte de pilantragens, querem levar também o mínimo poder de fantasiar das torcidas. Se profissionalismo for isso, devolvam já a minha várzea. O que São Paulo precisa, para aguentar os proibidões em plantão permanente, é mais delírio e menos patrulha. Menos Caxias e mais personagens de "Pornopopéia", livraço do Reinaldo Moraes – com acento mesmo, ao contrário do que dita a reforma ortográfica.

A cidade proibida está jogando fora a melhor das vocações boêmias, destruindo o melhor dos parques de diversões noturnas. Mais Javaris com humor e menos Morumbis dominados e obedientes. Se isso é ser moderno, ódio eterno, como diz o cartaz de "Juventus Rumo a Tóquio", um curta de Andréa Kurachi, Helena Tahira e Rogério Zagallo. O filme conta a saga de uma derrota épica. Neste caso, o time da Mooca perdeu de 2 a 3 para a Linense, com um gol salvador ao crepúsculo, conquistando a Copa Federação Paulista em novembro de 2007. É disso que o futebol carece. Mais Jasons e tirações de onda em toda parte. Esse tipo de gozação inibe muito mais a violência do que a cara feia da polícia. O mesmo pode ser dito sobre a boemia de bares, ruas e calçadas, capaz de devolver a cidade a quem rala e se diverte. Pela desobediência civil e pelo direito sagrado de fantasiar a vida. Com ou sem máscara.

Trapalhões X Monty Python

Na pelada contra os ingleses de férias em Alagoas, tentei
o calcanhar estiloso do doutor Sócrates, mas achei apenas
as marmotas, trejeitos e mungangas do anti-herói Didi Mocó

Amigo torcedor, amigo secador, acabo de humilhar uns ingleses em uma pelada na praia de Japaratinga, Alagoas. Escrevo ainda resfolegante, desculpa aí, gente, pelos maus-tratos com a gramática e a prosódia, vai assim mesmo, vale a vida que o vento leva. Foi o jogo mais feio que vi e joguei na história. Nem aquele Íbis x Santo Amaro, que cobri nos anos 1980 no Recife, em uma Quarta-Feira de Cinzas, chegou aos pés. Seis contra seis. Brasil x Inglaterra, com dois alagoanos beatlemaníacos reforçando o time da rainha. De uma dúzia de marmanjos, oito usávamos óculos com graus nas alturas. Primeiro acerto: todos devem se livrar das lentes e jogar cego mesmo. A regra é clara, o futebol é no escuro.

Na primeira disparada como falso ponta-esquerda, caí no colo de uma tiazinha que brincava inocentemente de castelo de areia com as crianças. Colo macio, justiça seja feita, nestes tempos de mulheres com barrigas duras como os tanquinhos travestis.

Brasil x Inglaterra, digo, Trapalhões x Monty Python, com direito a alguns minutos de puro futebol filosófico, como na invenção do grupo inglês de humoristas. Juro que tentei usar tudo que aprendi em um recente bate-bola no Parque Antarctica com Sócrates -gravação de umas chamadas para o "Cartão Verde", programa que fazemos juntos na TV

Cultura. Em vão. Onde buscava o calcanhar estiloso do Magrão, encontrei só marmotas, trejeitos e mungangas do anti-herói Didi Mocó Sonrisal, meu ídolo de infância, madureza e velhice.

Vendo aquele espetáculo, o titio Nelson riscaria uma das suas belas frases: a mais sórdida pelada é de uma complexidade shakespeariana! Esqueça o que escrevi, diria o gênio, padrinho espiritual desta coluna juntamente com o bom Antônio Maria, claro que não sou besta de me apadrinhar de quem não presta. Não havia nada de shakespeariano naquela pelada. No máximo, consegui aplicar um involuntário drible da vaca louca em um dos ingleses. Justamente no brancão maluco, torcedor do Chelsea, que havia ingerido, segundo o Databoteco, 11 caipirinhas de cachaça. Sim, ele também havia fumado do bom e do melhor da Cabrobonha sertaneja, beira do rio São Francisco.Segue o jogo dos perdidos no paraíso. Girei a perna, em um momento de cãimbra, e vi uma boy-zinha – como são chamadas as lolitas em alguns lugares do Nordeste – gritar "golaço!". Fui tomar satisfação: "Como assim, por que golaço?".

Havia sido um gol espetacular, segundo os novos amigos. Pena que não faço a menor ideia do que havia feito. Vai ficar como aquele de Pelé contra o Juventus. Um mistério sem imagens é sempre mais bonito. Segue a vida. O golaço que fiz e não vi me deu saudade dos velhos atacantes zumbis e geniais. Os Fios Maravilhas, os Dadás, os Chulapas...Qual o placar do nosso Brasil x Inglaterra? Outro mistério para a eternidade. Nem o garçom que tomava conta da turma e muito menos a boyzinha fazem ideia da contagem. Apareceu até testemunha que dissesse que foi o maior 0 a 0 da história ludopédica. Quem sabe?

Tenho a impressão que foi 20 a 19 para os Didis Mocós! Oficialmente é o que fica valendo e revoguem-se quaisquer versões dos ingleses.

Carta aberta a Mr. Bridge

Boys choram sim, *meu rapaz, gastas logo essas lágrimas, qualquer coisa é só ligar, tens o ombro, o quarto de hóspede e vinis de matar o mais* cool *dos ingleses*

Amigo torcedor, amigo secador, venho por meio desta, uma vez mais, pedir a providencial licença, *data venia*, para me dirigir ao jovem inglês Wayne Bridge, cujo destino o encobriu com a mais ingrata das bolas nas costas.

Caro Bridge, assim como os teus colegas de Manchester City, esta é uma manifestação pública de solidariedade, um ombro latino, que tanto entende do assunto, para que chores e te livres o mais rápido possível dessa farsa shakespereana.

Quem nunca viveu tal infortúnio? Basta estar vivo, amigo. Na companhia de uma mulher como Vanessa Perroncel, a francesa, tua ex, ampliamos as chances do amor e de outros objetos pontiagudos, como no título do livro do Marçal Aquino.

Sim, dói mais por ser escândalo de tabloide, dói mais por ser público, dói mais por se tratar de um amigo urso, o capitão da seleção inglesa, John Terry, o cara do Chelsea.

Ei, Bridge, não fique mal, escute uma música triste dos Beatles e se sinta bem melhor. Ei, Bridge, venha para a noite de São Paulo que te apresento garotas legais. Se não der no processo burguês da conquista, caímos no Love Story ou no Amistosas. Ei, Bridge, te ligas em um velho mantra que me ajuda a curar todas as traições da existência: quando a vida dói, drinque caubói. Ei, Bridge, *hello*!, levanta-te e anda, miras o Lázaro e bola pra frente. Ora, reparas quantas moças querem te consolar a essa altura. É, bem sabemos que nestes momentos o sexo mais selvagem do mundo não arremata todos os males. Pô, velho, mas como ajuda! Ei, Bridge, só a lama cura.

Pera lá, vamos fazer a Pollyana: eis um cara de sorte, belo salário, seleção inglesa, pegou uma das mulheres mais gostosas da França, quantos rapazes têm a manha? Raríssimos, amigo, vamos chutar o balde, assobiemos no ouvido da próxima.

Sem essa de julgar o Terry, mui amigo, o destino poderia te reservar o doloroso papel na comédia de erros. É sacanagem, mas aplicas, de novo, a autoajuda Beatles, deixa estar, a vida cuida. Em matéria de amor, e só em matéria de amor, aqui se faz, aqui se paga. O capitão um dia também perde as graças do mar e das sereias, eis a lei dos homens.

Tampouco vale demonizar a bela Eva com biquinho francês. Existem três coisas, camarada, que nada detém: água ladeira abaixo, fogo ladeira acima e mulher quando põe na cabeça que vai dar para algum sujeito. É, meu caro, são dois ingleses e o amor, a vida imita o pior do clichê da sétima arte. Ei, amigo, o ideal é tirar uma licença do futiba, ninguém merece coro de torcida sobre o tema, mesmo que seja de apoio e força.

Boys choram sim, meu rapaz, gastas logo essas lágrimas, qualquer coisa é só ligar, tens o ombro, o quarto de hóspede e vinis de matar o mais *cool* dos ingleses.

Ei, Bridge, Rolling Stones na radiola de ficha, uísque duplo e a sinuca do Bahia, Baixo Augusta, também são um baita programa de cura. Levanta-te, bem sabes que só um chifre humaniza um homem. Daqui pra frente serás um grande garoto. Palavra de quem nunca foi lateral de ofício, mas que já levou muitas bolas nas costas. Sem essa de vingança ou queixa contra as mulheres, amigo, a vida te chama para o jogo.

Sobre o Botafogo e o amor sincero

Sou botafoguense, tijucano, separado e com dois filhos.
Se quiser jantar comigo, apesar de tudo, me liga

O Império do Amor perdeu as forças e, ungido pelas cinzas dos mortos-vivos carnavalescos, o time da estrela solitária fez da descrença o seu trunfo, fez da ressaca e dos reveses anteriores uma orgia pragmática à moda Joel Santana.

Se esperávamos show de Adriano e Vagner Love no Flamengo, vimos o iluminado garoto Caio e a força oculta de Sebástian, El Loco, Abreu. Sem se falar no bom combate do argentino Herrera, outro representante do portunhol selvagem em campos brasucas.

Não é fácil levar de seis em um clássico, como aconteceu na partida contra o Vasco, e, no mesmo turno, ressurgir como possível campeão da Taça Guanabara, o glamouroso torneio do verão carioca. O melhor é que a decisão é contra os impiedosos cruzmaltinos, o que põe um indisfarçável sangue de vingança na peleja. Vamos, Fogão, pra cima deles! Não, amigo, não é fácil ser Botafogo. O Fernando Molica, chapa do balneário, por exemplo, sabe o quanto é complicada tal arte. É tanto que, no flerte com sua mulher, Bárbara, um dia após conhecê-la, deixou na secretária eletrônica da moça a mais romântica das cantadas: "Sou botafoguense, tijucano, separado e com dois filhos. Se quiser jantar comigo, apesar disso tudo, me liga...". Tem cantada mais abusada em matéria de anti-heroísmo? Com a Unidos da Tijuca na cabeça, os filhos na decência e o alvinegro da estrela solitária na final, o amigo não tem nada a se quei-xar, no momento, do amor, do samba, do ludopédio e da sorte.

É, amigo, torcer pelo Botafogo é tão difícil quanto conquistar um amor sincero, criar filhos no mundão vacilante de hoje, encarar os pre-conceitos de origem. Que a ótima semana siga gloriosa, Molica.

Já nas quebradas da rua Tanger, parque Novo Oratório, Santo André, ABC Paulista, outro camarada, Marcelo Mendez, anda brabo com o seu Palmeiras. Ponha brabeza nisso, ainda mais em se tratando de um filho de basco com uma resistente sertaneja do sertão pernambucano – ah, que lindo, os belos encontros possíveis no mundão de São Paulo. Não é para menos. O verde não engata desde o final do Brasileiro, lembra? quando chupou o amargo sorvete do "quase", após jornada inteira na condição de campeão absoluto.

Só restaram a Muricy Ramalho os resmungos e os desaforos de sem-pre, agora longe do Parque Antarctica. Na real da guerra, o cara nunca se saiu bem na foto com aquele jaleco periquitoso. Tinha a impressão, desde a primeira imagem dele à beira do campo do Palestra, que ainda vestia vermelho, branco e preto. É um grande profissional, que pode estar em qualquer clube, mas a alma parece tingida de um tricolor que nunca desbota. É só impressão, amigo, comungada com vários palmei-renses.

Calma, compadre. Sabemos que foi um desabafo, quando qualquer homem geralmente solta, de forma enviesada, seus temores mais primi-tivos. Assim falou o técnico: "Não tenho medo de porra nenhuma". O assunto era demissão, pedir o boné etc, o que ocorreria ainda ontem. E desculpe-me, leitor mais pudico, é que não dá mais, em um mundo es-culhambado como este, para pôr três pontinhos em supostos palavrões. Vai como o Muricy, jamais um hipócrita, falou mesmo. Boa sorte, meu caro, em novos destinos.

O monstruoso silêncio do papa-capim

*O Brasil se despedia da Copa do Mundo de 2010 na África do Sul.
Mesmo torcendo contra, foi melancólico*

Amigo torcedor, amigo secador, mesmo sendo o único colunista do país que pedia o direito de ser do contra sem desculpas técnico-ludopédicas, não consigo neste momento tragar os fumos do escárnio. Até o papa-capim do bar do Expedito, aqui na esquina da minha casa na Pompeia, calou junto com o silvo final do juiz japa. Respeito o barulho dos homens soltos e respeito mais ainda o silêncio zen dos pássaros engaiolados.

Sim, também é muito duro para as crianças e para quem gosta de futebol apenas durante a Copa. Eles estão menos adaptados às decepções do varejão de quartas e domingos. A vida é dura, Sizenando, como bem disse o Rubem Braga a um derrotado na mais enlameada de todas as várzeas da existência: o amor por uma mulher de verdade.

A vida é a própria várzea escorregadia, jamais será a feira de futebol da Fifa. A vida é o Linense, velho Prata; o Juventus da Mooca, o Icasa de Juazeiro, o Treze, o galo da Borborema, o Botafogo de Guaianazes, time do Maníaco da Câmera.

Mas, pensando bem e com o devido respeito às lágrimas, claro que os holandeses fizeram um grande favor para todos nós, não permitindo que vingasse uma filosofia de jogo e de vida no contrafluxo do prazer e da liberdade. Que me permitam uma rápida autoajuda à moda do velho Reich: quem não goza não vence, não triunfa, vai ficar mais interessado em reprimir outrem. Em vez de um segundo gol, a obsessão é impedir o tento do adversário.

É, amigo, depois dos benefícios do conde Maurício de Nassau no Pernambuco holandês do século 17, a derrota de ontem foi o segundo grande presente que ganhamos da pátria em tulipas e cataventos, com os devidos descontos para as não sabidas mutretas históricas.

Hoje não vou deixar o corvo Edgar – seria muito óbvio e perverso – erguer a cartolina rosa do "eu já sabia". Cala-te boca e vai consolar o teu novo amigo Chico Bacon em um safári de abstrações alcoólicas. Cala-te, *cuervo de mierda*, que o papo é sério.

Quero saber do amor à pátria. Por que sempre é de mão única? O torcedor chora na esquina sugando a latinha do desgosto e, no comando da CBF, ninguém derrama uma lágrima? Tomara que o Dunga pelo menos tenha chorado escondido. É o mínimo que se espera de um homem.

*Não é de hoje que tenho os Rolling Stones como o melhor
da autoajuda roqueira. A tudo cura. Da dor de corno àquela
melancolia difusa dos domingões*

Amigo torcedor, amigo secador, permita-me, enquanto você ainda blasfema contra o Dunga e seus pensamentos hediondos, que se corrija, pela metade, a injustiça que se cometeu com o velho roqueiro Mick Jagger. Tratado jocosamente como pé-frio da Copa, como se as forças estranhas guiassem a Jabulani para o lado contrário do poder da sua mente, o cara dos Rolling Stones esteve com a sua Inglaterra, com o Brasil do seu filho, e, por afinidades eletivas, com os EUA e com a Argentina.

A essa altura, é notícia mais do que velha o destino desses times. O momento é de lembrar como o Mr. Jagger pode até render azar no jogo, mas como o rapaz iluminado dos palcos traz sorte no amor!

"Love Is Strong", música do disco *"Voodoo Lounge"* (1994), é um amuleto sonoro. É, gazela, o amor é forte, e você é muito doce, você me deixa forte, você me deixa fraco – por aí segue o lirismo da letra. Está interessado por uma pequena, amigo, e ela está jogando naquela retranca miserável de mulher-ferrolho? Siga a moça guiado só pelas estrelas, não por Twitter ou Facebook, procure a danada nos bares ruins, siga, vá em frente.

É ouvir essa faixa, e o amor platônico se transformará milagrosamente em uma transa homérica, como diria o poeta Eduardo Kac na marginália mimeografada dos anos 1970.

Azar no futebol, sorte grande nas estratégias da alcova, com direito aos bambuzais do "Kama Sutra". É, Mr. Jagger, justiça seja feita: você é o cara nesse assunto, e não poderia deixá-lo na mão nessa hora de tantas calúnias.

Não é de hoje que tenho os Rolling Stones como o melhor da auto-ajuda roqueira. A tudo cura. Da dor de corno àquela melancolia difusa dos domingões em que nossos times naufragam e nossas mulheres desaparecem. É o que digo aos meus chapas: canção dos Stones a todo volume e um uiscão duplo levantam qualquer Lázaro sem carecer de Jesus.

Muito prazer, Coalhada

E como a colunista Mônica Bergamo pescou a pérola da noite: "Você ainda está com bastante cabelo. Eu fiz dois implantes depois que saí daquilo lá".

De súbito, uma baita saudade do cidadão Otávio Arlindo, o craque Coalhada, profissão futebolista, como costumava se apresentar o baiano. Sim, aquele mesmo deste popularíssimo bordão, repita comigo: "Mas hein, mas hein? Que o Coalhada é isso, que o Coalhada é aquilo!".

Uma peça, figuraça que saltou para a vida da mente brilhante do cearense Chico Anysio, vascaíno que no momento enfrenta dificuldades com a saúde, mas trava o bom combate para manter-se no jogo. *Vade retro* velha da foice, como diria o genial Azambuja.

Pensando bem, o Coalhada não surgiu assim do vazio do nada nas minhas conjeturas de cronista sem assunto. Meu herói ludopédico saltou na minha frente depois que li, na Mônica Bergamo, na *Folha*, a cobertura da festa de lançamento do "Bueno Cuveé Prestige", o espumante do Galvão da Globo. Imagina o Coalhada, com o seu gestual e biquinho à francesa, pronunciando o nome do precioso líquido. Seria lindo. Tinha Ronaldo Fenômeno, que celebrava seus merecidos cem dias de badalação, mas faltou o Coalhada.

Bergamo pescou cada história na noite. Muito bom quando um repórter de uma área se desloca para outra. Os jornais deviam fazer um grande troca-troca de olhares, pondo um jornalista de política para cobrir buracos de rua, escalando um de esporte para cobrir eleições e assim *ad infinitum*. Rende mais.

É, amigo, mas falemos de Coalhada, afinal não sou assim nenhum genial Samuel Wainer para ficar aqui dando lições de jornalismo. Léguas disso. Já sei, talvez tenha me lembrado do Coalhada ao ver que o elegante Mano Menezes fez *media training*, o treino da moda para falar com jornalistas.

Tudo bem, o Mano sabe o que diz, e a Nike, que pagou o curso, o quer cada vez mais treinado. Olhar para cima, para o teto, quando tem dúvidas em uma coletiva, como ele mesmo lembrou, nunca mais. Vale o código do bom-tom. Clássico.

E como a Mônica Bergamo pescou a pérola da noite: "Você ainda está com bastante cabelo. Eu fiz dois implantes depois que saí daquilo lá". Era o Luxemburgo, educadamente, falando para o sr. Menezes. "Daquilo lá" é o que o amigo está pensando mesmo. A seleção brasileira.

O vinho do Galvão faz a pessoa dizer cada coisa. Cala a boca, Coalhada. E viva Chico, a quem mando um abraço e votos de melhoras.

Devoção de corpo e alma ao Santa Cruz

"Não faz isso comigo não, meu Santinha", rogava o camelô Geraldo Ferreira, que via o jogo ao meu lado. Aquele homenzarrão chorava livre de todas as cerimônias...

Vamos conferir, entre a massa coral, nas arquibancadas do Mundão do Arruda, o maior fenômeno de fidelidade de uma torcida, algo que só encontra correspondência histórica na devoção corintiana na estiagem de títulos que durou até a safra 1977.

Estamos tratando, meu chapa, de um time que enfrenta, no subsolo da quarta divisão do futebol, martírio digno dos chilenos presos na mina de cobre. Série D, de dantesco, você sabe lá o que é isso?! Você acha que a galera de outras equipes tradicionais aguentaria esse baque?

A do Palmeiras, do Grêmio e do Corinthians viveram experiências na B e passaram com orgulho no teste, embora sem o comparecimento equivalente aos fãs do Santinha, como os devotos chamam carinhosamente o clube.

O Fluminense desceu à terceira e a torcida esteve presente, mas nem pensar em chegar aos pés do tricolor do Recife, que, até o final de semana, mantinha a maior média de público de todas as divisões do Brasileiro: 30.238 torcedores.

Aos números e recordes, porém, este cronista já andava habituado. Tocante é testemunhar as manifestações da romaria de 50 mil fãs no Arruda, como no último domingo

Se o Corinthians é uma torcida que tem um time e não um time que possui uma torcida, como se diz em São Paulo, o Santa Cruz é uma massa que nem precisa de time. E naquela tarde, o abusado Guarany de Sobral (CE), o Cacique do Vale, parecia jogar sozinho mesmo: 0 a 2, com inacreditáveis dois gols contra do mesmo zagueiro, Leandro. Coisas que só ocorrem hoje em dia com o tricolor pernambucano. Nem o Botafogo é vítima de infortúnio do gênero.

"Não faz isso comigo não, meu Santinha", rogava o camelô Geraldo Ferreira, 60, que via o jogo ao meu lado. Aquele homem negro chorava livre de todas as cerimônias, aos soluços, como quem acaba de receber o aviso de uma fatalidade na família.

Seu Ferreira choraria do mesmo jeito ao final, de joelhos aos pés de Margarete, sua mulher, mas agora feliz com a virada: um heroico 4 a 3. "Se tem duas coisas que amo na vida é minha 'nega veia' e o Santinha", confessou. Com ela, amor recíproco e de 30 anos. Com o time do peito, um amor mal correspondido, como costumam ser os amores mais perversos. No divã, receberia, fácil, fácil, o atestado de masoquista, mas nada disso importa, afinal, meio amor não é amor, como diria o tio Nelson.

Um lero-lero com o jovem Neymar

Uma coisa eu te digo, menino, invejo a tua rebeldia, é serio, mesmo com alguns chiliques e não-me-toques

Peço a devida licença, como em outras oportunidades, para dirigir a palavra ao jovem Neymar, com quem gostaria de manter uma prosa, um lero, trocar uma ideia, sem conselhos, sem afagos, sem vigiar ou punir, verbos que não me cabem no figurino, afinal de contas não passo de um tiozão errado, meu caro, a virtude aqui passou longe.

Uma coisa eu te digo, menino, invejo a tua rebeldia, é serio, mesmo com alguns chiliques e não-me-toques, mesmo no egoísmo com a equipe e com o técnico, exerces o livre arbítrio e te refugias no individualismo, único momento em que és tu mesmo, independentemente de pais, mestres, mídia ou carreira. Certo ou errado, prefiro não julgá-lo, ninguém sabe o que se passa na cabeça de um homem em certos momentos, tenha ele 18 ou 80 anos.

O preço é alto, como em tudo a partir de agora, afinal de contas perdeste a condição de moleque livre numa pelada praieira de fim de tarde, tens vários donos, és uma *commodity*, como se diz na linguagem econômica, estás na bolsa de mercadorias e tens muita gente de olho no teu futuro e no teu dinheiro. Sim, és um tremendo abusado, despertas invejas e ódios, mas nada diferente dos jovens do teu tempo, resguardadas as proporções que tuas atitudes e desobediências têm na imprensa. Mas longe de ser um rascunho de monstro, como insinuou o santo

René Simões, técnico vítima da sensacional virada santista que ajudaste a construir com o teu repertório de dribles.

No teu caso, menino, fico com um cara que sabe muito, um dos mais sábios da crônica esportiva, o Alberto Helena Jr., meio século de jornalismo: "O monstro, creia, é Neymar... Ora, vá ver se estou na esquina", ele escreveu no seu blog. "Cada bocejo do menino vira vendaval, e ainda querem que ele se comporte como um cavalheiro inglês da era vitoriana."

No mais, meu jovem, já pediste desculpa, isso é sempre um gesto nobre, no futebol e principalmente com as mulheres, nunca te esqueças. Ah, não quero mais te encher o saco, já foram tantos malas pegando no teu pé de ontem para hoje, mereces um sossego.

Quanto aos brucutus que te perseguem em campo, paciência, mas não custa nada pedir umas dicas de malandragem ao Serginho Chulapa, aí bem do teu lado. Aceite um abraço do tio. Sem mais para o momento, para cima deles, menino!

Raskolnikov da bola

Por que Neymar desperta tanto ódio? Por que desejam torná-lo apenas um menino obediente e bem-comportado? Juro que também não sei a resposta – escrever é deixar o leitor entre bolas divididas

Jurei que não falaria mais do episódio Neymar, este Raskolnikov da bola, mas o caríssimo técnico Mano Menezes caiu também na moral do crime e castigo, me deu motivo, como cantaria Tim Maia, nosso eterno síndico. O técnico da canarinha seguiu o coro igrejeiro das Senhoras de Santana da bola e expôs o nosso Raskolnikov a mais um linchamento público. Nunca esse país foi tão correto e moralista. Parece um pesadelo com resquícios da ditadura. É, velho Augusto Comte, finalmente cumprimos nossos ideais positivistas, honrando o ordem e progresso da bandeira. Só se fala em quebra de hierarquia, bons costumes e comportamentos exemplares. No caso do goleiro Bruno, não se viu tanta histeria da macharada como agora. Rolou até um certo silêncio dos homens que amam o futiba. Por que Neymar desperta tanto ódio? Por que desejam torná-lo apenas um menino obediente e bem-comportado? Juro que também não sei a resposta – escrever é deixar o leitor entre bolas divididas. Qual crime teria cometido, de fato, o nosso Raskolnikov ludopédico? Ocultação de cadáver? Tudo bem, enquadremos o moço por desacato a autoridade, relembrando a desobediência civil ao professor Dorival Jr. Pediu desculpas, foi exposto aos urubus de plantão e punido ao ver, da arquibancada do Brinco de Ouro da Princesa, o projeto

Drible Zero, em um jogo em que o Peixe chutou apenas uma bola a gol e as fintas pareciam definitivamente proibidas.

Aí quiseram tirar o abusado rapaz do clássico contra o campeão brasileiro de 2010, o Corinthians. Seria abusar demais da torcida, inclusive abusar da massa alvinegra adversária, porque é mais gostoso triunfar com o menino da 11 em campo.

Como disse um primo corintiano do Parque São Rafael, berço da nossa família na Zona Leste, Neymar encarna o papel daquele cara marrento que come a mina mais gostosa do bairro e deixa todos os concorrentes putos.

Deixemos o nosso Raskolnikov em paz com a sua consciência, já foi deveras atormentado nas últimas semanas. Nem sei como conseguiu jogar tanto contra o melhor time do campeonato, embora a obediência 100% o tenha deixado tímido. Prova de que tem a cabeça mais no lugar do que toda uma nação de homens íntegros, ímpios e sensatos.

Raskolnikov, amigo, é aquele rapaz perturbado do livro "Crime e Castigo", do russo Fiodor Dostoiesvsky. Recomendo a leitura para a gente entender melhor o mundo.

Muito prazer, Júnior Xuxa

É, velho Chico, "aqui na terra estão jogando futebol, tem muito samba, muito choro e rock'n'roll", *mas quem está comendo a bola mesmo vive longe da luxuosa vitrine da elite*

É cada figura nesta temporada que cada um mereceria uma crônica por fugir da obviedade, tanto pelo dito como pelo feito em campo, o homem e suas consequências, de verdade, virtuoso e sempre capaz de surpreender com o vício, o erro, como uma madre superiora que solta um palavrão diante de uma topada.

Neymar é gênio e badalado, Jorge Henrique é o Macunaíma que chutou para escanteio a preguiça, Conca arrancaria frases inesquecíveis do profeta Nelson Rodrigues, Loco Abreu, como ele mesmo diz em campo, para a risada do mais brutamontes dos beques, é o "tsunami da área".

Ainda na latinidade, Montillo também é uma peça, tranquilo, tranquilo, à imagem e semelhança do mineiro; sem se falar na marra do D'Alessandro e no pá-e-bola do Valdivia, o verde. Saudável invasão cucaracha que teve nos uruguaios do São Paulo – dá-lhe Lugano! – um exemplo.

É, velho Chico, "aqui na terra estão jogando futebol, tem muito samba, muito choro e *rock'n'roll*", mas quem está comendo a bola mesmo vive longe da luxuosa vitrine da Série A, essa Oscar Freire ludopédica, coisa de madame. O melhor e mais eficiente jogador do Brasil no momento atende pela singela alcunha de Júnior Xuxa, o maestro.

Assim é conhecido no Cariri cearense o meio-campista do Icasa, da Segundona, o faroeste, a disputa mais ferina de todos os certames. No 4 x 2 contra o Bahia, em Pituaçu, na terça, foi gigante. Cumpre o papel histórico de suprir, aos nossos olhos, a ausência do Ganso, outro garoto com origem nos arrabaldes do mapa brasileiro.

Com eles, vale a máxima de que a bola sintética continua sendo de couro, o couro vem da vaca, a vaca come grama, é rente ao chão que ela anda, embora antes deslize na caixa torácica e beije os seus pés como a mais submissa das gueixas. É, amigo, a bola nunca foi Amélia, a bola tem a manha feminina das orientais, oferece outro tipo de agrado.

Falta na entrada da área é como aquela música feita para o Zico, adivinha quem vai bater, canta a "Fúria Icasiana" em Juazeiro. Nada folclórico, Júnior Xuxa quase não fala, é um sertanejo, do semiárido pernambucano, que parece saído de um poema de João Cabral de Melo Neto. O seu futebol, diria o mesmo poeta – considerado jogador do América (Recife) e do Santa Cruz –, é um futebol de 20 ou 30 palavras em torno do sol e gravita na boca do gol.

O corvo, Nuno Ramos e urubus

*Obra polêmica da Bienal de SP refaz os poderes secadores
do agourento Edgar*

Finalmente o maldito corvo Edgar iniciou os seus trabalhos no Campeonato Brasileiro de 2010. Óbvio que a fissura do agourento é perseguir
os favoritos, a turma do G4. O Fluminense, para vergonha do Grava-
tinha, que o diga, alvejado em casa por um Santos que tenta se arrumar
de novo no jogo e na vida. Aliado ao Galo mineiro nesta difícil hora,
Edgar, no ombro do alvinegro Zubreu, foi até Sete Lagoas e causou também para cima de outro candidato ao título, o centenário Corinthians
Paulista.

Não foi à toa que um dos torcedores mosqueteiros mais notórios,
o presidente Lula, acusou ontem o golpe. Disse que quase infarta ao
acompanhar a peleja. Não foi para menos. E não é que tenha abusado
de perder gols feitos, como se queixou sua Excelência, é que a maldição
corvística está de volta no rastro dos candidatos à taça. Para quem não
segue o Edgar, muito prazer, trata-se de um dos maiores secadores da
nossa história ludopédica. Sua obsessão é pegar no pé de quem vive uma
grande fase.

Claro que o seu prazer maior é secar o São Paulo na Libertadores
da América (para um time obsessivo pelo torneio continental, uma ave
igualmente paranoica).

Não, meu caro Rogério Ceni, não é que ninguém queira ganhar o

Brasileirão, é que o corvo está de volta e no encalço dos líderes. Porque secar é que é a grande arte. É a expressão máxima de um certame por pontos corridos. Não basta fazer a sua parte, tem que botar o olho-grande no time do próximo, que belo pecado entre todos os mandamentos. Gozar com o falo alheio, como diria o doutor Sigmund, padrinho espiritual desta coluna.

Não é que o Inter, o bravo colorado que disputa o Mundial de Clubes no fim do ano, tenha feito um péssimo jogo contra o Ceará, o querido Vovô da Terra da Luz. É que Edgar retomou a sua condição de todo-poderoso e onipresente e pendeu uma asa para outro candidato ao caneco. É, amigo, um agourento pousou na sorte dos favoritos, como cantaria Augusto dos Anjos, o mais *punk* dos nossos poetas.

O que reanimou o corvo foi a obra do artista Nuno Ramos na Bienal de Artes. Edgar estava carente mesmo de uma boa reciclagem nas suas velhas técnicas de mandingas e urucas. A sabedoria do trio de urubus da polêmica obra foi uma bênção. Ele é grato e defende, com ganas, a permanência dos seus primos no evento. Faz favor, seu curador!

Da costela de David Beckham, Deus fez o metrossexual

Alex Ferguson, porém, resiste, na mesma terra da Rainha, como um macho-jurubeba do planeta bola

E da costela do David Beckham, Deus fez o metrossexual, como estamos cansados de saber. Mas, no país deste símbolo maior do homem repaginado, há um bravo senhor que resiste, como um Clint Eastwood do futebol, a toda e qualquer modinha.

Sir Alex Ferguson é o nome da figura. Autêntico macho-jurubeba, o contraponto extremado ao metrossexualismo, o técnico do Manchester United implica com o uso de cachecol, o tal do *snood*, por parte dos boleiros.

No seu time ninguém enrola nada no pescoço. A lei é deixar explícito o pomo de Adão. "Homens não usam *snood*", esbravejou o mestre, segundo o relato do colega Rodrigo Bueno na *Folha*. E ai de quem desobedecer. Ferguson tripudia dos adversários adeptos da bossa. Aliás, justiça seja feita, não é apenas uma questão de frescura ou estilo. Já enfrentou, meu camarada, um inverno inglês? O cachecol é também proteção contra o frio.

Os resmungos do professor do Manchester só realçam a obviedade de como o machismo no futebol consegue ser maior do que nos outros meios. Só rindo mesmo dessa tragicomédia. E você, amigo sensível, o que acha desses usos e costumes de jogadores como o Tevez, do Manchester City? Na estica do cachecol, o mal-diagramado ex-corintiano até consegue ficar mais bonitinho. Opa, digo, menos feioso, é bom esclarecer.

O engraçado é que a implicância do velho e bom Ferguson tem um fundo histórico no folclore dos machões europeus. Quando o primeiro homem, em remota era, enrolou pela primeira vez um pano no pescoço, teria começado a derrocada do macho. A ideia, reza a lenda, teria sido de uma esposa cuidadosa com a possibilidade de que o seu bondoso marido pegasse um resfriado.Quem tiver mais curiosidade sobre o tema é só ler o livro "O Homem Explicado às Mulheres", dos franceses – muito fãs do cachecol – Pierre Antologus e Jean-Louis Festjens.

Sir Ferguson, portanto, repercute a fala popular da história. É a nova peleja da crônica de costumes: macho-jurubeba X metrossexualismo. No que o corvo Edgar, este "bom selvagem" em tempos modernos, me lembra da mania do Beckham em vestir as calcinhas da Spice Girl Victória, sua mulher.

Que atraso, que preconceito, estimado corvo, homem que é homem, se tiver lastro e biografia, desfila de *baby-doll* de nylon na Ipiranga com a São João e se garante. Corta essa, Edgar.

Prezado Ronaldinho

O cronista enumera as tentações da casa da tia Carmen
em noite de um Grenal erótico. Sim, a noite do Mazembe

Deveras preocupado com o destino de Ronaldinho Gaúcho e sempre a favor de *la dolce vita*, peço a sua devida licença para deixar um singelo conselho ao craque do Milan.

Teu lugar é Porto Alegre, guri, na beira do Guaíba, cidade de loiras e negras lindas, com uma torcida que desce em avalanche para saudar seus heróis, seja um Dinho, seja um Mario Sergio. Não te conto, rapaz, como anda a casa da tia Carmen. Não que careças de tais expedientes, tens competência e moral reconhecidas no jogo, mas, amigo, mesmo em Milão não há páreo. Estive agora por lá, onde vi o sofrimento das meninas coloradas diante da derrota para o Mazembe – o Mazembe, é bom que se repita e se deixe ecoando no túnel do tempo. A capital gaúcha mantém a tradição de fazer festas descontraídas, digamos assim, em dias de embates importantes na história de Inter e Grêmio.

Nesta mesma fatídica data, a Gruta Azul também promovia a sua farra erótico-ludopédica. Carmen x Gruta é uma espécie de Grenal do sexo. Grande peleja. Precisas ver como anda o elenco da tia, Ronaldinho. Quer dizer, é só uma sugestão, desde que não atrapalhe as tuas atividades. Em momentos de folga e lazer, óbvio, que não te preocupes Marcelo Ferla, respeitável gremista. Bianca, Cássia, Ciça, Clarrissa, Keli, Hellen, Geovana, Bruna, Brenda, Camila, Paula... Para ficar só em um time completo.

Evidente que o Rio, outro destino cogitado, é florido. São Paulo, possível paragem, é o maior parque de diversão noturno do mundo. Santos, além de ser o time mais importante da história, possui também as suas profissionais e amadoras...

Tentação é o que não falta nos trópicos, te desejo toda a sorte no retorno, mas vais por mim, fiquei comovido com a antologia da tia da Olavo Bilac.

Não me entendas mal, meu camarada, é apenas uma dica a um homem que admiro pela genialidade em campo e por teu nome, justo ou injustamente, associado a uma certa luxúria, meu pecado predileto mesmo com grana rala de um pobre escriba.

E digo mais: no tricolor tu terias o técnico mais liberal, além de competente, o Renato, o cara que costuma se gabar dos seus feitos de Casanova. Mostrando o que sabes em campo, na buena, ganharias liberdade para brincar do lado de fora. Sei que aprecias um pagode, mas vais te arrepiar com a versão "Vou torcer pro Grêmio bebendo vinho", do comancheiro Wander Wildner, *hit* da torcida. Amigo, o que ainda estás fazendo nessa Europa decadentista e gelada?

O striptease moral da pelada

É na brincadeira aparentemente inocente da bola
que os homens revelam moral e caráter

Um homem só conhece outro homem depois que joga uma pelada, um baba, um racha – cada região do país tem um batismo –, depois que bate uma bola com o semelhante. A pelada é o único e possível *striptease* moral do macho.

É nessa hora que a gente sabe e manja sobre as coincidências e as dessemelhanças de estar vivo e pastando na mesma burrice da existência. Não importa a barriga nem o fôlego, jogue nem que seja por cinco minutos com os seus párias nestas férias.

De preferência com família ou amigos. Falo de tirar faísca da canela do cunhado do qual você ouvira coisas – andou maltratando tua irmã querida por besteira ou por orgulho. A pelada é o faroeste sem morte, mas com sinceras mensagens de honra. Os mesmos torpedos da várzea, onde é permitido humilhar no drible ou na canelada. Futebol é recado, dramaturgia, quem quiser que acredite na mentira tática, esse vício, esse crack mortal dos novos comentaristas.

Agora mesmo estava em Juazeiro do Norte, onde mora *mi madre*, e, pasme, nas resenhas só havia uma discussão sobre o Guarani e o Icasa, os dois times da cidade: 4-4-2 ou 3-5-2, como atuarão no próximo certame? Eis o fetiche. Falou qualquer troço de estatística vira um ilusionista, seja na Champions League seja no meu amado inferno semiárido.

Ah, um homem só conhece outro homem depois que joga uma pelada contra ou na sua fileira. Por sorte, no primeiro embate deste veraneio, contei com o francês Jean-Pierre Duret no meu time. Um goleiro-líbero capaz de todos os milagres de Cícero, de Fátima e do menino Jesus de Praga juntos. Nunca imaginei que este grande cabra do cinema europeu pudesse me deixar tão à vontade para atuar de beque-sentado no crepúsculo do Eudorão, arena suspensa nos alpes do Caldas, Barbalha, um Cariri a 18º, como não me deixa mentir o escriba Joca R. Terron, fora daquele jogo por caprichos do destino ludopédico. Quando pensar em grandes goleiros da história, listarei Yashin, Gordon Banks, Dino Zoff, Rodolfo Rodriguez, Fillol, Taffarel, Neur, Hugo Lloris (Santos) e... Jean-Pierre.

Era só uma pelada, mas quem há de negar que foram as mais lindas defesas que vi no retrovisor de um zagueiro que mira as próprias desgraças?

João Cabral e o desábito de vencer

O poeta jogou o fino da bola pelo América (PE) e Santa Cruz.
Em Sevilha, largou as dores futebolísticas em nome das touradas
de Espanha

Hoje só importa uma coisa: a volta do time de João Cabral de Melo Neto à primeira divisão do Pernambucano, o América FC, time no qual o poeta jogou com a mesma fineza da sua antilírica crônica. Um *center-half* preciso, antibarroco, firme, sem adornos banais, que dedicou os seguintes versos ao seu clube recifense: "O desábito de vencer/ não cria o calo da vitória;/ não dá à vitória o fio cego/ nem lhe cansa as molas nervosas".

Quem o viu jogar não tem dúvida. Sua poesia nasceu na geometria do campo. A obra imita o seu futebol, esporte que trocou pelas touradas de Espanha ao chegar a Sevilha. Em entrevista ao repórter Fabio Victor, na *Folha*, no final dos anos 90, o homem das antiodes disse que o exílio voluntário o livrou do nosso miserável sofrimento futebolístico.

Diante da arte de toureiros como Manolo Gonzáles e Pepe Luís, o poeta deixou de lado as dores de torcedor do glorioso onze-esmeraldino recifense – repare como não há nada mais anticabralino do que a linguagem futebolística, igual a esta que, amante confesso do adjetivo, usei agora mesmo.

Se no time da Estrada do Arraial o poeta tinha o descostume de vencer, o tal desábito do poema, no Santa Cruz encontrou melhor sorte.

Emprestado à equipe coral, foi campeão juvenil em 1935. "Foi muito estranho aquele triunfo", contou o pernambucano, no embalo de cachaças, cafés e chistes, a este repórter-cronista, em uma conversa para o "Jornal da Tarde" ainda nos madrugadores anos 1980. "Não conseguia botar nos olhos a expressão da vitória." Ontem o América cabralino jogaria com o Sport, na abertura do certame estadual que põe em jogo o luxuoso hexa do Náutico. O rubro-negro da Ilha de Lost é penta. E nada mais vale este ano no futebol brasileiro do que esse desafio à beira do Capibaribe, rio cosmopolita que se une logo ali com o Beberibe e, juntos, formam o que se convencionou chamar, nos livros de geografia, de Oceano Atlântico.

América x Sport de Ademir de Menezes, a quem o antipoeta dedicou uma obra-prima: "Você, como outros recifenses/ nascido onde mangues e o frevo, / soube mais que nenhum passar/ de um para o outro, sem tropeço".

Ao da Guia, do Palmeiras, o gênio nordestino dedicou coisas como esta: "Ademir impõe com seu jogo/ o ritmo do chumbo (e o peso), / da lesma, da câmara lenta, / do homem dentro do pesadelo".

Há Corinthians depois da morte

Na noite da tragédia do jogo contra o Tolima, uma conversa com um tio alvinegro que já partiu desta para uma melhor

Besta é tu, besta é tu, como cantavam os Novos Baianos, que por futebol sofre tanto, que estraga dias e noites, que larga até cria da tua costela por qualquer pelada vagabunda, seja de várzea ou de Libertadores.

Sei que não adianta, tio Alberto, tentar nos iludir com essa tática, logo nos pegamos sofrendo de novo, mais trágicos do que atores amadores de uma "Paixão de Cristo", metidos outra vez em um drama, mesmo sabendo como acaba a história.

Sim, tio Alberto, a diferença agora é que o teu Corinthians, mesmo com a torcida desconfiando do *the end*, caiu antes de subirem os créditos iniciais, a morte precoce pediu carona aos mochileiros cucarachos.

Desconfio de que aí no paraíso não chegue tal tipo de notícia, só assim sofrerás menos com o teu clube. Ou haverá Corinthians depois da morte? Esse time é tão louco que não duvido mais de nada.

Tio, façamos de conta que não estejas ciente de mais um ato de uma tragédia chamada Libertadores, então aproveito e conto, assim como te contei aqui mesmo nesta coluna quando o alvinegro voltou à Primeirona – lembras? – uma semana depois que partiste desta para melhor, considerando mesmo que daí não fiques de nada sabendo.

É, velho Alberto Novais, aqueles teus amigos palmeirenses, são-paulinos e santistas soltaram rojões. Parecia o São João de Caruaru mesmo no Parque São Rafael, ZL, a tua quebrada. Secaram mais do que Edgar, meu corvo lazarento. E as piadas? Mesmo que haja Corinthians depois da morte, creio que pelo menos das gracinhas dos adversários estejas livre. Já ouviste falar no Tolima? Não mesmo? Pois foi essa grande força do futebol latino-americano que derrubou o teu todo-poderoso Corinthians.

Se Ronaldo jogou? Tio, há controvérsias. Estava em campo sim o imortal Fenômeno, mas de que adianta? A bola não chegava até ele. E, como bem sabemos, o R9 não é mais aquela potência para correr atrás da dona redonda. Se eu fosse ele, meu querido, eu contratava, por minha conta, um garçom para servi-lo. Até já aconselhei que parasse, que fosse gastar com o que é bom a dinheirama, em vez de aguentar aporrinhações e comentários babacas. Sim, meu velho, como dizia o teu poeta preferido, o dos Anjos, o bando de loucos que afaga é o mesmo que apedreja. Sem mais, aqui me despeço, o Sócrates me convoca para mais uma rodada. Saudades, Francisco.

Balada número 9 para Ronaldo

*O jogador de futebol morre duas vezes, diz Falcão, o eterno
Rei de Roma. Boa segunda vida, Fenômeno*

Como em outras ocasiões, por meio de cartas, aconselhei Ronaldo a largar o sacrifício e viver hedonisticamente sem a patrulha da massa ou dos cavalheiros das mesas-redondas, não poderia me furtar agora de refletir com o Fenômeno sobre a vida depois do futiba – a primeira morte de um boleiro, segundo o Falcão, outro craque.

Existe vida, sim, mas não onde tu imaginas, garoto, não do lado de um morto-vivo como o faraó da CBF, de quem tanto falaste e ao lado de quem já estavas na foto seguinte ao belo e honrado adeus. Corta, no teu bonito filme, do choro sincero, ao lado dos filhos, para teu olhar aflito entre sanguessugas do poder da bola e da política.

Essa sequência de imagens, por mais digna que seja a causa paulistana de defesa da Copa, diz tudo. E nela não há Eros, só Thanatos, o deus mitológico da morte. Só Eros salva, amigo, e este tu bem conheces, e tanto que soubeste tê-lo no altar durante a vida no futebol, ali bem pertinho, grudado aos troféus de tri melhor do mundo.

Não abandones, rapaz, quem sempre esteve ao teu lado. Não sejas mal-agradecido. Não é hora de posar de bom-moço entre autoridades suspeitas e eventuais representantes da *Opus Dei*. Eros castiga os que o traem logo no dia seguinte.

Bem sei, como homem muitas vezes paralisado pelos zagueiros

cristãos da culpa, aqueles brucutus que te humilham na inércia da ressaca, que a gente teme a infinita liberdade da festa. Ainda mais agora, que não terás pela frente nem os melhores beques do mundo, muito menos os fantasmas do Tolima.

Não é, porém, o outro lado da vida, o mais careta e desonesto, que vai te segurar no papel de bom-moço. Mais honrado é um cara, a exemplo do que às vezes, consciente ou inconscientemente, fizeste, que mal sabe onde colocar o desejo, como naquele episódio da Praça do Ó e do motel Papillon, na pecaminosa e iluminada cidade do Rio de Janeiro.

Há muita vida depois da primeira morte. Que não te entregues ao Thanatos dos poderosos ou da playboizada. Que te recordes sempre que já foi do Corinthians, eis um diploma que anistia os pecados dos mortais comuns quando a velha fatal da foice, a súbita e inegociável, bate à nossa porta.

Que a tua ilusão entre em campo no estádio vazio, como o gênio Moacyr Franco cantou para Garrincha na Balada Número 7, e que a rede ainda balance seu último gol. Boa segunda vida, amigo.

Para Lea T., com ternura e com afeto

Que bonito é o amor de Toninho Cerezo pelo seu filho que virou filha

Esqueça por um momento os canalhas e os faraós que mandam no nosso futiba, esqueça as desgraças recentes do seu time do peito, deixe de lado inclusive os eufóricos triunfos. Ponha uma pedra em cima das resenhas esportivas e amoleça o seu petrificado coração de gelo.

Meu menino, minha menina, que coisa linda a carta que o Toninho Cerezo escreveu para seu filho, sua filha. Saiu na revista "Lola" deste mês de março de 2011. Corra, velho fanático, corra, leia o manifesto do bravo pai do Leandro –o rapaz que virou Lea T.

Cerezo pôs toda a elegância que usava no futebol, talvez o mais conservador e machista dos ecossistemas terrenos, na sua declaração de amor incondicional. "Dois filhos em um", o título da missiva, resume com graça a história. Um chega pra lá, com classe, nos torcedores que o provocaram nos estádios quando Lea T. debutou no mundo fashion. Cerezo era técnico do Sport no momento em que a modelo, já célebre na Europa, tornou-se conhecida também por aqui. "A paternidade é livre de qualquer padrão, de qualquer critério imposto pela sociedade, filho deve ser aceito na sua totalidade, na sua integral condição de vida, independentemente da sua orientação sexual", diz o craque na bola, craque na ética. Meu menino, minha menina, e não é que a Lea T. repete nas passarelas e editorias de moda a mesma elegância do ex-jogador do Galo e da seleção brasileira?! Tal pai, tal filha, cada um com a sua arte.

E pouco importa que a carta de Toninho Cerezo sirva de exemplo ou não contra o machismo no esporte. Seja no futebol ou no rúgbi. A beleza está no manifesto público de devoção pela sua criatura.

Ninguém é obrigado, em nenhuma circunstância, a demonstrar abertamente o amor ou desamor paterno. Pode-se muito bem resumir o afeto ou o incômodo à convivência, aos muros da privacidade. Cerezo dividiu com todo mundo o carinho pela filha. Deixou claro que não há desgosto da sua parte. "Menino ou menina, Leandro ou Lea, não importa mais, sempre serei seu pai e você, orgulhosamente, um pedaço de mim", caprichou na carta aberta.

É para se orgulhar mesmo, moça, seu pai mostrou que é um grande cara. Aproveito a oportunidade para deixar os parabéns. Pelo sucesso e pelo encanto radical que nos desperta. Quanta beleza, quanta ternura. Um beijo deste mal-diagramado cronista.

Um honrado pacto do Sport com Exu

*Na terra do boi voador de Nassau, o clube rubronegro
paga sua dívida com os Orixás*

Eliminado da Copa do Brasil 2011, em baixa no certame pernambucano, a diretoria do Sport resolveu honrar o pacto que havia feito com Exu, a poderosa entidade do candomblé e da umbanda cujo papel é conduzir os pedidos dos homens aos orixás.

A dívida do clube do Recife, terra do boi voador holandês, era um búfalo. Deveria ser entregue ao pai Carlos, no terreiro do Jordão Baixo. Achar um búfalo na área não é das tarefas mais fáceis. O rubro-negro então pagou em dinheiro, R$ 5.000, agora Exu que se vire para sacrificar o bovino.

Bom demais saber, em plena novela chata da venda de cotas para a TV, que esse tipo de crença e folclore ainda rolam no futebol. Parabéns ao Sport por cumprir o trato, mesmo depois de três anos de atraso, com o culto afro-brasileiro. Mui digno.

O búfalo rendeu a Copa do Brasil ao Leão, em 2008, o ano em que a Ilha do Retiro se transformou em Ilha de Lost. Os grandes adversários, como o Inter de Abel e o Corinthians de Mano Menezes, favoritíssimos ao caneco, perderam-se lá dentro como os personagens do seriado televisivo.

Bom demais saber, em um tempo em que nada se cumpre no futebol – nem contratos nem palavras – que o clube recifense honrou a sua história. O acerto com Exu nem havia sido feito pelos cartolas. Foi crendice de torcedor maluco mesmo. Motivo de gozação por parte dos torcedores do Santa Cruz e do Náutico, o búfalo já enfeita, no lugar do Leão, um novo escudo do Sport que circula na internet e em faixas nas ruas.

A relação com os orixás, costume brasileiríssimo combatido pela cruzada evangélica no rádio e na TV, merece mesmo ser louvado. Sempre esteve presente no futebol. Na Bahia e alhures. Pai Santana, do Vasco, que o diga. Robério de Ogum, a quem sempre recorre o técnico Luxemburgo, é outro em atividade ludopédica. Quem não gosta nada da presença dos orixás em campo é a turma dos atletas de Cristo, corrente cada vez mais hegemônica. Bom que saiba respeitar as diferenças religiosas nessa hora.

A fábula do búfalo rubro-negro, além da greia – gozação em bom pernambuquês – , ajuda a tornar mais ecumênica a presença religiosa em campo. Se tem gol de Jesus, como as bolas na rede dos evangélicos, também vale gol dos orixás.

Eu só acredito nos deuses que dançam. Seja no corpo de uma bela mulher na pista, seja no estádio depois de um gol de placa.

Sou gay mesmo, e aí, vai encarar

*O dia em que os bravos Michael, em Minas, e o Messi do Agreste
desafiaram o coro dos homofóbios e dos reaças do esporte*

De repente, viraram Bolsonaros no ginásio do Riacho, em Contagem,
Minas Gerais. Crianças, seguindo a fúria de pais e mestres, vestiram a
máscara de Bolsonarinhos. Respeitáveis senhoras da sociedade também
bolsonarizaram. Os machões, nem se fala, arrotaram testosterona com
bílis verde-oliva. O bolsonarismo homofóbico tinha como alvo Michael, jogador do Vôlei Futuro, de Araçatuba, que enfrentava o Cruzeiro.
O atleta não deixou barato. Com o apoio de seu time e de dirigentes,
reagiu, lavrou protesto e assumiu que era gay mesmo, e daí? Qual é o
problema? Exigiu respeito. Foi muito mais macho, aqui em um sentido
de bravura, do que a massa covarde embalada pelo bolsonarismo laten-
te. "Fiquei constrangido. Já tinha acontecido antes, com grupos meno-
res. Mas foi a primeira vez que vi um ginásio inteiro gritando alto e bom
som "gay, bicha". Foi por isso que me manifestei", contou Michael à
Folha.

Ninguém é obrigado a se declarar gay e sair do armário. Seja no mundo esportivo, mais conservador e machista do que o pátio dos cami-
nhoneiros, seja na repartição pública. Mas Michael, ao assumir a ho-
mossexualidade, deu uma bela contribuição contra o preconceito. Lá na
cidade de Goianinha, a 54 km de Natal (RN), o goleiro Messi, 24, do
Palmeiras local, aplaudiu a decisão do voleibolista. Ele é um caso raro

de jogador de futebol que assume publicamente a orientação sexual. E recomenda o mesmo comportamento aos colegas de bola. "Depois que assumi [há quatro anos], até mesmo as pequenas manifestações desapareceram. Agora, no máximo, surgem umas brincadeiras", conta o número 1 do Verdão do Agreste. "Além do respeito, me tratam com carinho, dengo, sou o xodó da torcida, como dizem por aqui."

Messi foi o principal responsável pela subida do seu time para a primeira divisão do Campeonato Potiguar. Herói em Goianinha, cidade de 20 mil habitantes, diz que, ao sair do armário, ganhou liberdade também fora de campo. Vai para os forrós, namora, aproveita a vida em público sem constrangimentos. Os machões dançaram, velho Norman Mailer. Michael e Messi (Jamerson na pia batismal) ficam como exemplos contra a barbárie bolsonarística. Que pode se manifestar em qualquer local e hora. Em Minas ou nas gangues homofóbicas da avenida Paulista.

Um chope com Zico e Sócrates

Encontro a dupla para ver Barcelona x Real Madrid, na tela
do cinema, mas o corvo Edgar faz seus estragos pelos campos do país

Um dia em que se leva um lero com Zico e Sócrates, em uma roda de chope, nunca será apenas mais uma folhinha que despenca do calendário.

Quem corre é a bola. De cara suspeitei que além de santa, aquela quarta-feira seria épica, heroica, com *via crucis* e ressurreição dos mortos. E ninguém, nem mesmo o herói da data de ontem, Tiradentes, sofreu tanto quanto o Fluminense nas últimas semanas. Foi um verdadeiro Cristo durante 40 dias no deserto da quaresma. Apanhou mais da torcida e da imprensa do que a soma dos mártires de todos os feriadões.

No entanto chegaria o dia da forra, com uma pancadaria digna de malhação do Judas. Épico, heroico tricolor carioca diante do Argentinos pela Libertadores 2011. Com um Fred e um Rafael Moura que pareciam jogar com trajes bíblicos de guerreiros. Não foi uma partida de futebol, foi um drama de época. E quem achava que Real Madrid e Barcelona seria a grande peleja, pecou por ingenuidade ou atávico subdesenvolvimento. Não passou de uma inocente matinê de cinema sem direito a mãos dadas. Este cronista, por exemplo, estava ao lado do sábio e trovejante Jorge Kajuru, no Cinemark, onde o Esporte Interativo promoveu a sessão ludopédica. Não, Kajuru, por favor, sem romantismo nessa hora.

Secando o time do Rei de Espanha, meu estimado corvo Edgar,

segundo Zico, seria o responsável pelo 0x0 que se arrastou até a prorrogação. O tricolor Marco Aurélio Cunha, na mesma fileira, conseguia explicar a origem da estratégia de Mourinho: havia copiado o esquema do milagroso técnico Vagner Benazzi na sua passagem pela Lusa. Desfeito o mistério gajo.

O que o Galinho de Quintino não sabia era que o corvo, àquela altura, já se encontrava nas cercanias do Engenhão, à espreita, de tocaia para secar o Mengo contra o Horizonte, o Galo do Tabuleiro. Coube ao time cearense a maior zebra até agora da Copa do Brasil. "*No pasarán!*", crocitava *el cuervo*, com o seu eterno discurso comunista.

Uma quarta santa não seria completa sem as artimanhas do menino maluquinho da Vila, cada vez mais adulto e aplicado, Neymar, Neymessi, Neymaradona. Com Muricy treinando somente até o primeiro volante, o melhor time de todos os tempos – os madrileños que me desculpem – vai voar soberano sobre todas as cordilheiras das Américas.

Que Deus continue preferindo os ateus – enchem menos o saco – e dai-nos vinho e bacalhau que a vida é nada.

A noite do malassombro na América

Dos umbrais da maldição, o corvo despacha, em uma só jornada, Inter, Grêmio, Fluminense e Cruzeiro da Libertadores-2011

Amigo secador, foi a noite perfeita para o meu estimado corvo Edgar. Nunca, nestes seus cinco anos de vida, a mais agourenta e sombria das criaturas teve uma jornada tão fabulosa. Nem mesmo nas missões impossíveis de Salvador Cabañas, *"el gringo viejo"*, carrasco e feiticeiro das equipes brasucas. Deu-se tudo como na noite infinda de Poe, padrinho sentimental desta coluna. Dos umbrais da maldição despencaram os representantes do florão da América, como o país é visto na cabulosa letra do Duque Estrada. Como bem disse o jornal argentino "Olé", em claro portunhol selvagem, *"Sorpresinhas en la Libertadores"*. E lá se foram Inter, Grêmio, Fluminense e Cruzeiro no bico do corvo. Uma festa para o lazarento, que tentou bicar também o Santos nas pradarias de Santiago de Querétaro, no México. Muricy Ramalho, porém, com seu genial enfezamento, repeliu o desalmado. Louve-se, porém, o goleiro Rafael. Com aquela carinha de galã desprotegido de cinema italiano, pegou até pensamento contra o América, do México. Fica o Peixe, amém. Por obra e graça de Nossa Senhora de Guadalupe. E, por favor senhores locutores, sem essa de o Santos ser Brasil na Libertadores, esse bordão maldito e fatal.

O Santos é José Menino, o Santos é a ressaca na Ponta da Praia, o Santos é Vila Belmiro, o Santos é a Baixada, o Santos é qualquer coisa na

Libertadores, menos Brasil, caríssimos galvões da vida. Também não se meta, seu corvo de uma figa, *never more*, para cima dos meninos. Vamos ganhar o tricampeonato com um gol de canela do caubói renegado Durval, mas vamos, ora. Queridas e valiosas bordadeiras, podem caprichar na terceira estrela.

Domingo, deixa para os teus primos gaviões do Corinthians, corvo pustulento. Como sempre diz este cronista que te alimenta com a ração da discórdia, quando o Corinthians triunfa a cidade de São Paulo fica mais feliz e tudo funciona, o café vem mais quente e a cerveja mais gelada. Quando o Corinthians vence, grande Criolo, até o amor sincero baixa por estas plagas, só para contrariar a letra do seu rap-seresteiro, belo hino desta aldeia cosmopolita. Amigo, escute esse cara, urgentemente, é o nome do jogo, o homem do motor-rádio.

Pato jura castidade à filha de Berlusconi

*Naquele ambiente familiar italiano que cheira à máfia
e sacanagem, o cara promete o mais difícil dos jejuns*

Meu time jamais jogará com duas linhas de quatro, mas isso é uma outra história, chiste de um cronista de boteco, vamos ao que interessa, o Tostão, mestre, que segure a brocha. Em matéria de esquema, meu time é fraco, pusilânime, cardisplicente como o Antônio Maria ("ninguém me ama/ ninguém me quer"), peito aberto, lirismo com 11 no ataque, romântico no último, sufocando a formosa dama com promessa de amor eterno, casa, comida, roupa lavada e Bilhete Único se der vontade de ir embora.

É, Maria dizia o seguinte: depois de 30 dias de felicidade, toda mulher sente vontade de ir embora. Meu time, como diz aqui o palmeirense Moa, é como aquele cara tímido que fica de escanteio no baile, ali colado na pilastra, só carece de uma chance para mostrar seu futebol, seu *foxtrote*, seu forrobodó, seu saracoteio.

Meu time é o do Pato, que prometeu voto de castidade por um mês a Barbara Berlusconi, a filha do homem da comilança – lembre-se da fita italiana clássica –, conforme apurou o bravo "Corriere della Sera". Naquele ambiente familiar que cheira à máfia e sacanagem, o cara jura o mais difícil dos jejuns. Gênio apostólico romano.

Meu time é o do técnico Falcão, com ganas de jogar bonito, dublê do Barça, nosso grande fetiche. Se vai conseguir, são outros 500 réis, mas já vale pelo discurso, mesmo sabendo, como me ensinou o cancioneiro, da grande distância entre intenção e gesto.

A essa altura, se coçando, salta o Peninha, pedagogicamente conhecido como Eduardo Bueno: "Futebol arte é coisa de veado". O melhor começo de livro sobre futebol de todas as eras. Assim o monstro inicia o título do Grêmio do selo editorial "Camisa 13".

Meu time é o Horizonte, do Ceará, que vai tirar Flamengo e Ronaldinho de cena. Meu time é quase sempre alvinegro e trágico, como o glorioso Botafogo. Quase foi o Corinthians, mas um tio teve a ideia de me levar para um embate com o Santos.

Sim, sou Treze, sou Operário, cuja camiseta, amigo André, me presenteaste. É com uma indumentária em branco e preto que encubro, envergonhado pelas ruas, a dor que enjaulo na gaiola torácica. A vida, querido, não passa de uma tarde triste e bonita no Pedro Pedrossian ou na Baixada Melancólica, o nome mais digno de um estádio do universo, Santa Maria (RS), na Gurilândia da existência. Segue o jogo.

A metamorfose de um craque:
de menino a Neymacho

*Aos 19 anos, sem as tintas das novelas dramáticas que
envolvem os boleiros famosos, o santista assume a paternidade
do menino Davi Lucca*

Sim, amigo, claro que assumir a paternidade é uma obrigação e não deveria, em um cenário de mais civilização e menos barbárie, nem mesmo ser motivo do louvor que farei nestas linhas tortas. Infelizmente, porém, a gente sabe como funciona a parada. As tantas novelas sensacionalistas de DNA, os tantos dramas, com personagens milionários ou "gente diferenciada", como na classificação de pobres feita em Higienópolis.

No mundo dos boleiros, então, nem careço gastar mais tinta e listar os casos. No presente e na história. O próprio rei do futebol, para ficar apenas no chão de estrelas do Santos, teve o sagrado nome envolvido em demoradas polêmicas.

Sim, caro Neymar, este respeitável senhor que costuma dar tantos conselhos, muitos acertados, para o comportamento dos jovens da Vila e de outros viveiros de craques. Por todo este histórico dramático e de tantas omissões de pais brasileiros – saibam ou não o que é uma bola –, é que te digo, caríssimo Neymar, moleque com quem já tive o prazer de levar um lero, parabéns pela atitude.

Meu jovem, tu agora não és mais um menino, agora és um homem. Ao assumir publicamente a paternidade, foste não somente Neymar, tampouco um ensaio do Neymessi, foste Neymacho, para usar um trocadilho com o meu viés nordestino.

Macho não no sentido *lampirônico* do termo, muito menos na acepção de conservadorismo e machismo rasteiro. Macho na grandeza de ser homem e não fugir à luta, na maneira de ser responsável por aquilo que praticas.

Sim, meu rapaz, como bem falaste ontem, foi um baque, um susto, tens apenas 19 anos, é o começo da vida. Contar isso para os teus pais, imagino, que barra. Por mais que tenhas um bom relacionamento com eles, ave Maria, não é fácil mesmo.

Ainda mais, menino, quer dizer, grande homem, com a força da grana que envolve o teu nome. Por mais que sejas simples e na *"buena onda praieira"*, como senti na nossa conversa, não é moleza relaxar com o jogo todo que está por trás de uma decisão como essa. Mil vezes mais tranquilo enfrentar uma dúzia de Once Caldas, dez jogos com o rival Corinthians – como na decisão de domingo – e todos os beques brucutus que te perseguem como se fossem aquele personagem do Javier Bardem, o famigerado Chigur, no filme "Onde os fracos não têm vez". Que tenhas muito carinho pela mãe, sempre, e que, como bem disseste, Deus abençoe a criança.

Depois da doce vida, o drama de Müller

Na penúria, o craque do São Paulo, Palmeiras e Seleção Brasileira, confessa que gastou com mulheres, carros e falsos amigos

Ao saber da situação dramática do ex-jogador Müller, não tem como não lembrar do "Quinto Beatle", como era chamado no Reino Unido o rebelde George Best (1946-2005). "Gastei com mulheres, com carros e etc. Gastei com vaidades pessoais", relatou o ex-boleiro de São Paulo e Palmeiras ao jornal "Marca Brasil".

Müller conta que vive na penúria, mora de favor, 20 automóveis ficaram na poeira do desperdício e hoje não tem, como milhões de cidadãos comuns, nem mesmo plano de saúde. Evidentemente um enredo dramático, comum no futebol, uma espécie de Síndrome de Garrincha. O que me chama a atenção, porém, é o gasto com mulheres. As crias das nossas costelas sempre são demonizadas nessa hora. As mulheres, as mulheres, as mulheres. Sejam elas amadoras, profissionais ou marias-chuteiras.

Caro Müller, com todo respeito ao seu momento, se tem um dinheiro bem gasto na vida é com as damas. E, graças a Deus, somos bestas nessa hora. É uma dádiva. Às moças, mimos e champanhe. Seja você um barnabé da Cobal ou um herdeiro de Onasis, o importante é passar sempre um clima de "O Grande Gatsby" diante delas.

Todo gasto com mulher é lucro para o espírito. É fazer girar o capital erótico, como diria o poeta e psicanalista Hélio Pellegrino. Daí lembramos do craque George Best, um dos maiores da Inglaterra: "Gastei muita grana com mulheres, bebida e carros. O resto eu desperdicei".

Não tenhas esse arrependimento, caro Müller. Quanto aos outros capítulos do seu infortúnio, como os falsos amigos, aí são outros 500. Eles existem e estão sempre afiando a faca na pedra de amolar ingratidões. Boa sorte, amigo, e que o destino seja mais generoso daqui por diante.

Ser Vasco é preciso, viver não é preciso

"Não sou eu quem me navega, quem me navega é o mar",
canta Paulinho da Viola, torcedor do Gigante da Colina, na festa
do título nacional

A caravela saiu navegando do peito do vascaíno, e até agora singra ruas e mares da cidade do Rio de Janeiro, que bonita a festa, pá, que celebração merecida, depois do triunfo do mais nacional dos campeonatos, a Copa do Brasil safra 2011.

O mais nacional e o menos elitista, o torneio da "gente diferenciada", como diriam em algum recanto metido do bairro de Higienópolis. Nenhum time mais que o Vasco da Gama, o nome do heroico português, merecia o título nessa hora.

Nessa grave hora, amigo, em que o futebol, assim como na sua chegada à nossa pátria, embranquece de novo, caminha para uma elitização medonha, com ingressos ao alcance de poucos.

Navegar é preciso, ser Vasco agora é mais preciso ainda.

O Vasco, o primeiro clube a aceitar negros, mulatos e brancos pobres na sua equipe, quando o esporte ainda era exclusividade dos barões, ganha a Copa do Brasil, essa espécie de Coluna Prestes ludopédica, que abarca o sertão e o cais, arenas e várzeas. Que o título vire símbolo. Só o time da Colina pode desbravar de novo uma campanha, na contramão da história, por um futiba de massa, que não caia no conto elitista de sequestrar a geral dos estádios. Só o Vasco, prezado Dinamite, pode sair na frente.

O Flamengo e o Corinthians, também de origens proletárias, só pensam em luxo e riqueza. Quem sabe uma aliança com o Internacional, outro pioneiro no embate de classes. Quem sabe o Santa lá no Recife, com seu bravo lumpesinato, também abrace a causa.O mundo gira e a lusitana roda, a história carecia de um Vasco forte exatamente agora. O Vasco de Almir Pernambuquinho e de Juninho Pernambucano. O Vasco dos patrícios, da padaria e de todas as adegas, do trabalho e da bagaceira, do português que sai da piada para entrar na história, reescrevendo, com a Bic que escorre atrás da orelha, um novo Os Lusíadas.

Cesse toda a obviedade que a resenha esportiva canta. Sem essa de achar que Copa do Brasil vale pela vaga na Libertadores. Tudo bem, dá acesso, o futuro a Deus e a dom Sebastião pertence. O que vale, porém, é a mais nacional das pelejas, não esse Sonolentão-2011, com apenas 20 clubes da elite.

Agora, rumo ao aeroporto Santos Dumont, vejo uma imagem inesquecível, a multidão vascaína arrastando o ônibus do clube como se fosse uma caravela gigante, uma arca de Noé que desliza no seco como se no oceano dos grandes conquistadores. "Não sou eu quem me navega, quem me navega é o mar." Eis a trilha sonora, do vascaíno Paulinho da Viola, ecoando sobre a velha Guanabara.

O cangaceiro Durval e as veias abertas da América Latina

O heroísmo de um Corisco que não se entregou em nenhum momento no estádio Centenário de Montevideu

Amigo torcedor, amigo secador, vamos esquecer por um momento o futebol refinado, vamos subtrair das nossas mentes barcelonizadas o ideal de bola rolando com engenho e arte, por favor, vamos tratar de quem faz cara feia para que o resto do time faça bonito.

Cavaleiro solitário da defesa titular do Santos na peleja de vida ou morte contra o Peñarol, Severino dos Ramos Durval da Silva foi um valente, um Corisco, um cowboy do agreste, um destemido apache que enfrenta com suas flechas flamejantes o traiçoeiro inimigo.

O sangue dos tabajaras, os índios mais guerreiros de Cruz do Espírito Santo, na sua machíssima Paraíba, correu nas veias abertas da Libertadores das Américas. Se os uruguaios se orgulham do destemor na batalha, mais gana havia ainda no cangaceiro da zaga do Peixe.

"Se entrega, Corisco" era o coro que parecia rachar o cimento do mitológico Centenário na histórica quarta-feira junina. "Eu não me entrego, não", respondia o guerreiro em campo. O estádio calava por um minuto e na caixa de som dos nossos inconscientes reverberava a trilha que remixava o Sergio Ricardo de "Deus e o Diabo na Terra do Sol" com o Ennio Morricone de "Era Uma Vez no Oeste".

Das canelas dos heróis da peleja de Montevidéu faiscava o fogo que iluminava a noite dramática, quando Durval, homem de pouca fala (como deve ser um zagueiro de respeito), quebrou o silêncio como quem amola uma faca na pedra:

"Somos muitos Severinos / iguais em tudo na vida: / na mesma cabeça grande / que a custo é que se equilibra, / no mesmo ventre crescido / sobre as mesmas pernas finas / e iguais também porque o sangue / que usamos tem pouca tinta".

Ao dizer, no instinto da guerra, os versos cabralinos, parecia repetir os mais biográficos mantras da sua Severina sina homônima. E nada passava ali na sua vigiada porteira. Nem o pensamento de atacante rival. Muito menos a malfazeja vontade do secador do Santos Futebol Clube que esfregava as mãos com as luvas agourentas de todas as cores – palmeirenses, corintianas e são-paulinas.

A terceira estrela, que passou anos como poeira cósmica, nunca foi tão nítida. Não será fácil, mas nunca foi tão possível. Uma estrela com a marca de Neymar, mas também forjada a ferro e fogo como a estrela de Davi nos chapéus dos cangaceiros, como a estrela imaginária que Durval tinha sobre a cabeça na invicta noite no estádio Centenário.

O Santos de Neymar conquista a América

*Deu praia em noite histórica no Pacaembu e o Peixe alcançou
a sua terceira estrela na Libertadores-2011*

Depois das viúvas de Pelé, temos agora as lolitas de Neymar, o menino que saiu praticamente das fraldas para entrar na história depois da conquista da América.

A grande diferença é que as viúvas vestiam apenas o preto e o branco do Santos. As lolitas vão além do manto alvinegro, vestem-se também de vermelho, verde, azul e todas as combinações possíveis. As viúvas foram geradas de uma circunstância santista, do jejum de glórias na era pós-Pelé e da "gracinha sem graça" dos adversários, como bem disse ontem o Juca Kfouri. As lolitas são um fenômeno, com uma demão das tinturas do pop, que extrapolam os limites do clube. Tenho visto a agonia de pais corintianos, são-paulinos e palmeirenses com a tentação exercida pelo neymarismo sobre os filhos, tanto meninas como meninos. O pior desgosto de um pai é não transmitir às suas crias o legado ludopédico da sua miséria. É aí que Neymar faz um estrago nos lares.

Não só em SP. O invocado moicano atrai jovens em todo o país. Para a alegria das famílias santistas e para o ciúme dos marmanjos de outros times.

Em vez de louvar o futebol do craque da Vila, o pai sente-se ameaçado em seus domínios por um garoto "irresponsável". Ao assumir a recente paternidade, o próprio Neymar – agora me arrisco aqui como um Freud de boteco – ampliou esse medo nas famílias, gerando uma espécie de gravidez psicológica generalizada. Deixa para lá, eu não estou interessado em nenhuma teoria, em nenhuma fantasia nem no algo mais, como me sopra aqui o sumido Belchior.

Rebobine comigo a história, e voltemos ao Pacaembu, anteontem. Em certo momento, todos os cães policiais ladravam enquanto a caravana santista passava em busca da terceira estrela. Latiam, e a baba da inveja inundava a farda dos PMs. Em campo, um perdigueiro de nome Adriano fazia o serviço de dez canis. Com mais classe, óbvio, no que liberava Arouca e Elano com Bilhete Único na mão para transitar à vontade. E o que falar do Ganso, nosso João Gilberto do futebol? A bola estava morrendo de saudade e o aguardava com uma cantiga: "Fundamental é mesmo o amor, é impossível ser feliz sozinho".

No mais, foi aquele sonho: as espumas flutuantes do mar branco encobriram São Paulo. A noite em que deu praia na cidade babilônica. Agora com licença que vou ali soltar o trancafiado corvo Edgar, Peñarol desde filhote, e já volto. Parabéns torcida alvinegra.

Ceni, o homem, o goleiro, o mito tricolor

Em uma semana trágica do arqueiro do São Paulo, uma carta de consolação com destino ao craque do Morumbi

Não é fácil ser goleiro, e mais difícil ainda é ser um Rogério Ceni da vida, o homem, o mito, como dizem os fãs do tricolor paulista. Há quem diga, entre os supersticiosos, que goleiro que vaza goleiro, seu irmão de ofício, sofre um castigo a mais, além dos infortúnios óbvios da função mais ingrata da existência.

Duvidemos de tal crença, caro Ceni, afinal de contas teria um passivo centenário para gastar nesse purgatório. Tens, na real, é crédito de sobra, o mais é despeito contra teu histórico de correções.

Muitas vezes, inclusive aqui nesta crônica, peguei-me ranzinza com o teu estilo. Daí, entendemos, esse deleite dos torcedores adversários. Essa gozação generalizada, meu rapaz, desde o jogo de domingo contra o Corinthians. Não apenas pelos 5 a 0. Por aquele gol conhecido vulgarmente, pela plebe rude, como frango. Aí quis o destino, nesses dias em que Deus acorda corintiano, que foste traído pela bola de novo, contra outro alvinegro, eis a sina, o Botafogo. Da calçada do Charme, na Augusta, às redes sociais, não se falou de outra coisa. Tuas falhas, humaníssimas, foram motivo de gozo dos secadores. Um orgasmo múltiplo.

Como nos nossos encontros, sempre reclamaste, cordialmente, do corvo Edgar, confesso: a minha pobre ave não assina este agouro. Força, meu caro, sei que, como líder e virtuoso, semeaste alguma antipatia no caminho. Uns diriam até uma certa arrogância, talvez confundindo tua firmeza com a falta de humildade. O brasileiro ama quem abaixa a cabeça em demasia e deixa ser flagrado nas suas vergonhas.

Avante, Ceni, lutas por tuas causas, e eis um exemplo de dedicação para os tricolores, como o Adriano Souza, de São Miguel Paulista, um são-paulino no meio de um bando de loucos, como ele diz, na sua comuna nordestina. Um cara que te admira, Ceni, e com quem troquei a ideia desta carta. "No horário do jogo, pressentindo o pior, com um time desfalcado, saí com minha amada para um sorvete no Jd. Helena e um passeio pelas ruas frias e quietas da ZL", conta. Reparas que romântico: "No segundo tempo, trancafiei-me com ela no quarto e ficamos a ver Discovery Channel e a vida das baleias em algum oceano gelado". Claro que nem carece contabilizar aqui, Ceni, os seus créditos ou passar em videoteipe a sua glória. Como é dura a vida de goleiro. Nem um mito é blindado em momentos de falhas.

Devoção à mulher corintiana

A fêmea alvinegra, deveras fiel, é a que menos aceita
um forasteiro, alguém que não pertença ao bando de loucos,
no relacionamento amoroso

Aproveito o ensejo e o bolo de aniversário, os 101 anos do alvinegro de Parque São Jorge, e aqui me devoto a um tipo especial de fêmea: a mulher corintiana.

O leitor deve pensar diante do enunciado que se trata de um tremendo populismo, picaretagem, oportunismo, canalhice. Não é de todo injusto o rosário de infâmias.

Quando se trata da mulher corintiana, sou uma espécie de Getúlio Vargas do amor – populista no último –, por ela reconsolido as leis trabalhistas, elevo salário e estima, nem que provoque um estrago no orçamento caseiro. O amigo que um dia já caiu, por acaso, no conto deste cronista, sabe da minha condição de bígamo, perdão, trígamo, polígamo ludopédico.

Também sabe que nunca deixei de reconhecer a importância do Corinthians. É aquela coisa toda: quando vence, SP fica mais decente, o café vem mais quente e a cerveja mais gelada. Até as fachadas sujas de sombrios casarios do Glicério amanhecem sorrindo.

O que interessa, porém, é a mulher corintiana. Como Aline, a enfermeira do Ipiranga que me administra a cura via sonhos, fetiches, genéricos ou placebos.

Ela não diz "eu te amo"; ela diz simplesmente, como prova de carinho, "você é tão especial, sua alma é corintiana". A fêmea dessa linhagem não gosta nem mesmo de futebol, devota-se inteiramente ao seu clube. Time do coração para ela é um pleonasmo. "Time não existe, só existe o Timão", diz a enfermeira, na moral da liderança.

Mulher corintiana também chora, mas é ela que ergue o irmão corintiano depois de um baque, depois de uma derrota. Levanta-te, Lázaro alvinegro, ela opera milagres. É o tipo da mulher que vai além do futebol de resultados. Mais inteligente que o maloqueiro, a cria da costela de São Jorge não pede a cabeça do técnico quando o time é o primeiro da tabela. Tem juízo. Até para namorar, é bronca, exige todo um código de etiqueta.

Quando acontece o enlace com "alguém de outra crença" é "O casamento de Romeu e Julieta", como escreveu Mário Prata, torcedor do Linense.

A corintianíssima não dissimula, olha no olho, diz na lata, nunca é meia boca. Se sai para o jogo, tira mesmo os volantes da contenção do desejo.

Um fígado para o doutor Sócrates

Seu Laércio, vascaíno de Foz de Iguaçu (PR), oferece o órgão ao combalido filósofo corintiano

Amigo torcedor, amigo secador, como estou longe de SP, peço licença para enviar esta missiva aberta ao craque Sócrates – ex uma ova! –, a quem sempre conto alguma besteira e de quem, de volta, recebo sábias palavras ou risonhos desaforos.

Magrones, caminhava solenemente rumo a uma boate azul, aquela onde se cura a dor de amor, e um tiozinho me pega pelo braço, aqui em Foz do Iguaçu, na tríplice fronteira, e sacode: "Você não é aquele que trabalha com o doutor no 'Cartão Verde'?".

"Sim, senhor, eu mesmo, às suas ordens". "Pois diga ao doutor que não é por falta de fígado que ele vai passar necessidade nesse mundo de meu Deus", prossegue. "Sim, senhor, mas ele se recupera bem, respira sem aparelhos e está mais consciente do que no período da Democracia Grecorintiana."

"Meu filho, fale pro doutor que o meu fígado é dele na hora em que for preciso, palavra de homem", diz. "Fiz meus estragos, mas faz tempo que não pratico". Seu Laércio Firmino, 67, é uma figura, mas fala sério. Mesmo. Escuta aí, Magrão: "Não é só uma parte não, se precisar, o fígado inteiro é dele. Eu me viro lá em cima com o homem e com a minha velhinha amada, que também já partiu desta". Na contramão dos abutres que nada doam e apenas sugam o drama como pauta oportunista, seu Laércio, torcedor do Vasco, é um dos milhões de cidadãos do mundo que bebem ou já beberam.

Porque, meu bem, como diz a letra do clássico ultrarromântico do brega, ninguém é perfeito e a vida é assim. Porque, para o bem ou para o mal, se bebe, se faz a coisa certa, se faz a coisa errada, se pratica de tudo nessa passagem, porque o grande clássico da humanidade, o Fla x Flu, é virtude x vício. O árbitro desse jogo, claro, é o sr. Falso Moralismo. É o juiz que mais chuta. Se é difícil julgar em campo, imagina na vara da existência. Quer alguém mais virtuoso, em caráter e em espírito, do que o doutor Sócrates Brasileiro? Quem dera a maioria dos abstêmios tivesse um segundo da sua sobriedade.

Um beijo, Magrones, espero que não tenha visto até o fim Argentina x Brasil, sei que não tem paciência para jogos de tal quilate. Como foi melancólico. Noves fora o chapéu mexicano do Leandro Damião, a jogada mais repetida na várzea e no futsal, haja tédio, camarada, haja. Olha, doutor, tenho novidades sobre o Mazinho. Quando você ficar melhor eu conto, pois é de morrer de rir, aguarde, breve na área.

O poder de uma mulher de calça vermelha

*Que Pátria em chuteiras que nada, a moça paralisou o botequim,
mesmo diante de um Brasil x Argentina*

O que é futebol diante de uma mulher de calça vermelha? Antes que você arrisque uma resposta clubística, digo: nada. Antes que você, corintiano, se arvore e pense na redenção do Adriano, que eu muito aprovo, corto pela raiz, desculpa: zero. Sim, são-paulino, sei que é importante a volta sebastianística do Fabuloso. Santista do coração, a gente nem carece mais falar de bola este ano. Palmeirense amada, aqui me dirijo só a elas, com mordaça ou com burca, censura não leva a nada. Só ilude. Como se o cala-boca pudesse ser a resposta em momentos de perguntas.

Não se iluda, o que é a catimba argentina diante de uma mulher de calça vermelha? Linda. E o sorriso, queria que você visse. Incrível. Foi no segundo tempo. Foi um piscar de olhos antes do gol do Lucas contra os caras.

Sei, camarada João Valadares, senhor Samarone Lima, sei que o que importa é o jogo do Santa Cruz contra o Cururipe, justo no lugar onde os caetés canibalizaram lindamente o bispo Sardinha. O jogo de domingo à tarde, querido dom Sebastião, o da volta à glória possível.

Tenho ciência de tudo isso, mas, quando Lucas partiu com a bola, não me interessava saber que era uma arrancada de beisebol, qual o quê, foi linda, mas nada se compara à partida da mulher de calça vermelha. Tudo bem, você se liga no jogo, no esquema tático, mas que tal prestar mais atenção na cor das vestes das moças? Independentemente de clubes. Que tal preferir uma *lingerie* a uma pelada de fato? Simples sugestão, meu querido. Evidentemente por causa da moça da calça vermelha. No segundo tempo do jogo Brasil x Argentina, arrancava o Lucas, repito o gol, ela passava de lado. Adivinhe em que eu prestei atenção, amigo? Ah, gol a gente vê a qualquer hora. O videoteipe de futebol é o aquário dos homens na madruga. A gente fica vendo qualquer coisa, chega no hotel ou em casa, liga a tevê como quem mira Rumble Fish ou como quem apenas assiste a uma reprise gelada de Flamengo e algum outro.

Assim é a vida, amigo, nada diante de uma moça de calça vermelha no segundo tempo. Estou falando de quem ainda presta atenção nessas coisas. Arranca o Lucas, ela passa como quem abstrai, lindamente, a ideia de pátria em chuteiras. Mercearia São Pedro, Vila Madalena, SP, anteontem como se fosse o meu dia de são nunca. A moça de calça vermelha.

O derradeiro sonho do doutor Sócrates

Da campanha das "Diretas Já" até hoje, o craque da Democracia Corinthiana não deixava de sonhar com um país melhor

Na sua segunda internação neste ano, Sócrates tinha um sonho recorrente: tabelava com o Casagrande e ouvia a Fiel cantando ao fundo. "Só que não saía gol de jeito nenhum, você acredita? Mas a gente era feliz, e o Biro-Biro era um craque (risos)."

A narrativa, com outros personagens, se repetiu ontem no Pacaembu. Um 0 a 0 dos sonhos e um título dedicado ao doutor. "O Biro me dizia no ouvido: deixa que eu corro, faz só a catega, a classe".

Deus está nas coincidências, como queria Nelson Rodrigues e como acreditava o ídolo corintiano. Coincidências, nos últimos tempos, que desmentiam os dicionários, segundo a visão do mestre do calcanhar. Nada de uma simples "concorrência casual e supostamente improvável".

Seus olhos viam mais longe quando falava ultimamente no espiritismo. O cara ria e ria, mesmo em momentos mais pesados. "É mais leve do que a gente imagina, seu peste, deixa de se preocupar", mandava, imitando meu sotaque franco-nordestino. "Ano passado eu morri, mas esse ano eu não morro", tirava onda com uma canção cearense. Deus está nas coincidências. Era uma aliança do materialismo utópico do sonho socrático com os mistérios do Planeta. Ele acreditava cada vez mais que havia um desenho tático, um tanto quanto incompreensível, nos acontecimentos. Como o 0 a 0 de ontem, por exemplo. Chorado. Duplamente chorado. Pelo doutor e pelo espírito corintiano.

Sonhos e coincidências eram as matérias que compunham o filho do Seu Vieira ultimamente. Como ele falava no pai cearense. Quase a toda frase. O fiscal de renda que, com toda gana, defendia: primeiro a escola, depois a bola.

Sócrates, sonhos hospitalares à parte – não foi fácil um cara tão humano respirar por tantos aparelhos –, passou uma vida sonhando. Todo dia tinha um sonho: "Acho que a gente devia fazer alguma coisa por esses meninos!".

Os meninos eram os capitães de areia de sempre. Ultimamente os do crack.

Não sossegava com sua ideia de país na cabeça. Desde a campanha das "Diretas Já" até hoje. O futebol era sempre uma forma de ler o que rolava no mundo, não o jogo. O Magrão não tinha mais tanta paciência para futebol feio, mas sonhava com a boniteza da torcida do Corinthians. Se Sócrates morreu, toda feiura com a bola é permitida.

Sonhai por nós, Magrão, você partiu e nos deixou mortos de saudade.

Se oriente, rapaz, que desastre no Japão

Um dia para rasgar do calendário, quando o Santos sucumbiu de 4x0 diante do Barcelona no mundial 2011

Amigo torcedor, amigo secador, passei as últimas temporadas sem querer que os jogos do Santos terminassem nunca. Ontem roguei a Cristo, cujo sovaco faz sombra aqui no chatô da minha nega no Cosme Velho (Rio), para que acabasse logo o martírio contra o Barça.

E foi o juiz apitar a partida de um time só e o velho camarada madrileno Juan, um irmão ludopédico, me dizer das suas ao telefone. "Eu já levei de cinco, você está no lucro, aceite a minha solidariedade, estava torcendo pela sua baleia Moby Dick", tenta me confortar o torcedor do Real Madrid.

Maldita final do mundial de Clubes 2011, Yokohama, um dia para rasgar do calendário e da memória cinzenta, como naquele filme "Brilho de uma mente sem lembranças".

É, meu caro, depois dos 40 a ressaca não é indisposição física e mental, depois dos 40, meu chapa, a ressaca é uma dengue existencialista. Onde estou? Quem que eu sou? Pra onde eu vou? Cadê a bola? Cadê minha cabeça? É o que sinto até agora depois de ser vítima da maior e mais virtuosa roda de bobinho do mundo.

Só nos resta uma velha cantiga de conforto nessa perdição toda, quem sabe a gente não ache o caminho de volta: "Se oriente, rapaz, pela constelação do Cruzeiro do Sul/ Se oriente, rapaz/ Pela constatação de que a aranha vive do que tece/ Vê se não se esquece/ Pela simples razão de que tudo merece/ Consideração".

Considere, santista Gilberto Gil, que o Bahia, seu outro time, fez bonito e isso já valeu o ano. Considere, amigo do Peixe, que o que vale mesmo é a Libertadores da América, aí você ganhou bonito. Considere que o Santos vai ganhar tudo, de novo e sempre.

Sim, Muricy, deveríamos ter treinado só roda de bobinho para a final. Desculpa ai, leitor, estou falando besteira, me entenda, é *delirium tremens* depois do vareio de bola. Acontece.

Não, de forma alguma teria jeito, você fez tudo que era possível, prezado técnico cujo nome de guerra é o trabalho. Foi só terrível e dolorosa superioridade, como reconheceste. Simples. Pronto.

Mas não deixemos de dizer um sonoro *que mierda*, como se despediu o Juan na nossa prosa ao telefone. O madrileno entende do assunto: "Não aguento mais perder para esses caras, só o bando de Lampião seguraria esse time".

Juan estuda sobre o cangaço no Nordeste brasileiro. Figura. É, só adotando mesmo o esquema de Virgulino. Fica a dica para a próxima vítima.

Ah, meu bom Juan, se eu soubesse teria ficado na cama com a moça curtindo os cafunés de uma naturalíssima ressaca. Ela bem que tentou. Ela não entende porque os homens sofrem tanto com isso.

Com Larissa Riquelme, na intimidade

Um encontro inusitado com a musa paraguaia, deusa
das causas impossíveis do futebol

Finalmente o destino pôs este cronista na cara do gol, frente a frente, *ojos nos ojos*, com a modelo paraguaia Larissa Riquelme, a musa das causas impossíveis do futebol.

Interrompi o recesso do guerreiro, na praia de São Miguel do Gostoso, no Rio Grande do Norte, para viver esse momento único. Minha mulher não é fraca não: entendeu a necessidade do seu pobre cronista.

A legítima deusa da Copa da África do Sul esteve anteontem no lançamento do uniforme alviverde do América do Recife. Cheguei junto com a sutileza de um Serginho Chulapa, gênio do gol e da vida. Se foi bom pra mim? Nossa madre. Inesquecível. Que moça articulada, que inteligência, que repertório. Passamos horas falando do Augusto Roa Bastos, seu escritor paraguaio predileto.

Tão encantadora prosa que até esqueci de mirar suas famosas e divinas tetas.

Sim, me fez promessas, como de costume. Além de tirar a roupa mediante a simples permanência do Mequinha na primeira divisão do Pernambucano, expôs um rosário de juras. Se o Campeão do Centenário ganhar o caneco do Estadual 2012, deixando Sport, Náutico e Santa na poeira, o que é muito provável, Larissa me prometeu lua de mel no casarão de Solano Lopez e madame Lynch, em Asunción, por *supuesto*.

Se o Corinthians for campeão da Libertadores, desfilará, como veio ao mundo, por toda zona leste de São Paulo. Vai ser lindo. Exige apenas a presença de Ronaldo, seu ídolo. A musa das causas impossíveis não vacila, confidencia no ouvido, ciente como nunca: *"É campeón, sin duda"*.

Depois de juras tantas, fomos tomar uns caubóis legítimos no Bode Dourado, onde Cabeça Branca, o feliz proprietário do estabelecimento, fez a festa, diante de mais uma promessa: se o timbu permanecer na Série A do Brasileiro, Larissa dá uma volta olímpica pelada no estádio dos Aflitos.

Ah, teve mais um gracejo da moça, sabendo da minha queda pelo Santos Futebol Clube, Moby Dick dos sete mares. Se o alvinegro da Baixada devolver, no final do ano, a humilhação sofrida diante do Barcelona, Larissa promete nunca mais prometer tirar a roupa por nenhuma causa ou clube. A não ser para o seu *hombre*, seu eleito, este escriba pangaré que vos fala.

Muito prazer, Larissa, sabia que um dia ouviria dos teus lindos lábios as melhores notícias de um começo de ano. Aqui me despeço, *besos*, e que suas palavras sejam ordens para os deuses.

Minha pátria é a do meu uísque. Com o Paraguai, sempre!

'Vida Loka' Futebol Clube

As perdições de Adriano, o Imperador, e de Jobson,
o zumbi do planeta bola

Amigo torcedor, amigo secador, os loucos, assim como os gatos, têm sete vidas. O Adriano, como declarou um cartola corintiano, pode estar morto para o Corinthians, mas não para outro clube. Tomara. O rapaz ainda nem chegou aos 30.

Cairia muito bem no Flamengo. Não estou de sacanagem. O mal de Adriano é o "estrangeirismo". Ele não sabe viver fora do útero carioca. O resto é desamparo. Como no momento em que a gente vê o "azulzão" estranho do pós-parto.

Levem o menino para o Rio e verão mais uma vida, um milagre. Vale a aposta. Você dirá, cético como um Bertrand Russel rubro-negro de Madureira, que estou delirando, que estou com a febre do rato. Falo sério. Cristão convicto, aposto na redenção da criatura.

O Imperador repetiria com Vagner Love um grande ataque. E que trio formariam com Ronaldinho Gaúcho, espiritualmente parecido. O professor Luxemburgo que se virasse, afinal de contas, como disse o baixinho e enfezado francês, o inferno são os outros. Sim, a frase é do marido de dona Simone de Beauvoir, um tal de Jean-Paul Sartre.

Aposto na ressurreição carioca do menino da Vila Cruzeiro. Sem essa de é caso perdido. Não tem jeito no Corinthians, repito. Todo "vida loka" tem sete vidas. Qualquer mano fã dos Racionais MC's, grupo da música homônima, sabe disso.

Não à toa o Jobson, muitas vezes dado como morto e enterrado pelos cartolas e pela imprensa, tem a confiança do humaníssimo técnico Oswaldo de Oliveira para a temporada do Botafogo. Este sim já desceu a todos os infernos dantescos possíveis. Tem uma grande qualidade: sempre confessou as suas fraquezas, como o vício no crack, por exemplo. Deus o guie nesse tortuoso destino.

Aos 23 anos – faz 24 em 15 de fevereiro, dois dias antes de Adriano completar seus 30 –, Jobson busca a sua quarta ou quinta vida no futebol. É um grande jogador. Há de reerguer-se, eis a minha oração, muito além da minha crença. São Garrincha, protetor dos anjos tortos, que o guarde.

Ao tatuar justamente um "vida loka" no braço, o menino revelou que está no caminho certo. Ao contrário do alarde que fez a mídia, a expressão, na leitura bíblica e suburbana dos "malditos", é redentora. É promessa de boas-novas. Tomara.

Por falar no tema, recomendo a leitura da entrevista que o escritor Marcelo Rubens Paiva fez com Walter Casagrande. Na revista "Status" deste mês. Temos muito o que aprender sobre o possível inferno com esta história. Eis um episódio exemplar. Salve o Casão, salve, salve.

Chega, meu Peixe, ganhar tem limites. A gente sabe que a vida não repete essa metáfora. Por favor, me decepcione só uma vez: não triunfe

O Santos faz cem anos, igual à mamãe do Carlos Saura naquele filmaço, grande diretor de cinema, então eu queria aproveitar a oportunidade para pedir um presente ao aniversariante: chega de me dar alegria, títulos, glórias, eu já te amo o bastante, por favor, não exagere, seu Peixe.

Estava ali, satisfeitíssimo pela história, e vem esse menino. Era eu indo como um dos Reis Magos e, em vez de levar um mimo, eu que era o presenteado. Assim é torcer pelo Santos. Lá estava o Neymar na manjedoura, dando uma bicicleta com estrelas imaginárias como o teto daqueles quartos mágicos de crianças.

Chega, meu Peixe. Ganhar tem limites. A gente sabe que a vida não repete essa metáfora. Por favor, me decepcione só uma vez: não triunfe. Cansei de ter o melhor jogador do mundo de todos os tempos, aquele negão que ninguém sabe o nome. Cansei de ter de novo o cara, infinitamente melhor que Messi e Maradona. Cansei. Saco.

Cansei de estar sempre no jogo dos melhores. Sim, perdemos para o Barça, mas ali era outra coisa, outra linguagem, outro software, pusemos o disco errado no videogame. Coisas que só acontecem uma vez. Se jogar dez, ganharemos nove vezes e meia. Batata. *No tengo dudas.*

Meu Santos, por favor, um presente: chega de humilhar o mundo inteiro. Fica Peixe.

O mais carioca dos times paulistas, como queria o tio Nelson Rodrigues, padrinho espiritual desta coluna. Sim, o Santos tem que mandar jogos no Rio quando reabrir o Maraca. O mais brasileiro dos escretes, o maior de todos os tempos, o 11 da infância e da adolescência do meu amado doutor Sócrates, que sempre me falava das virtudes do Coutinho.

Mas por favor, alvinegro praiano, chega de glórias. Já deste tudo para essa gente que te gosta. És o maior disparado, então para que essa panca toda? Fica Peixe, esquece, toca de lado.

Como eu disse no filmaço da Lina Chamie, o da arte do centenário, a ordem é a seguinte, no mundo dos inventores de linguagens: Dostoiévski, Tolstói e o Santos Futebol Clube.

O resto é pelada. Nada conta o baba, o pega, a várzea, te peço, caro aniversariante, chega de me dar presentes e de nos tratar como viciados em fazer história no futebol-arte.

Isso não é justo. Isso não reproduz a vida, embora entenda que viver é pedalada, sobrevivência, trem lotado, ginga, te peço: fica Peixe. Não me vem de novo com mais cem anos de superioridade.

Em defesa de Ronaldinho Gaúcho

*No embalo do samba de Ismael Silva: "Nem tudo o que se
diz se faz / eu digo e serei capaz / de não resistir / nem é bom falar /
se a orgia se acabar"*

Você já reparou como o mundo da normalidade, digo, o mundo moralista goza quando os melhores titubeiam ou fracassam? É uma perversão humana, humaníssima, um gol contra que parte sempre dos medíocres, dos supostos donos da virtude, dos austeros comentaristas, repare no caso do Ronaldinho Gaúcho.

O Brasil aceita mais fácil o fingido senador Demóstenes pagar de vítima, esse crápula que agora macula o samba do Ismael Silva, do que o pagode permanente de Ronaldinho, que nunca mentiu para ninguém, sempre jogou o jogo, o jogo possível, quem contrata gênio sabe da ressaca para mantê-lo, sabe que gênio gosta do bom da vida, do cheiro real da existência, se tem alguém malaco aqui é a cartolagem do Flamengo, nem vem que não tem, urubus de fraque.

Para quem Ronaldinho mentiu?

Ah, meu amigo, todo mundo, desde o técnico Luxemburgo, se dava alguma merda na Gávea ia logo apontando pro neguinho, upa, neguinho na estrada – como na música –, ninguém sabia da sua história?

Vão pentear macacos.

Para este ignorante cronista, continua um craque. Com 20 dias de treino, seria o nosso 10 na Copa. Noves fora Neymar e Ganso (boa sorte, moleque do meu Pará, na recuperação!) é o melhor que nós temos, né, prezado amigo Afonsinho?

Talvez melhor até do que Neymar. Basta devolver coragem, conversa, respeito, ser homem junto com ele, cadê a moral dos homens, ninguém aqui viu um faroeste de John Ford, porra!

Nisso o Mano Menezes estava certíssimo. Palmas. Pena que caiu na conversa da mídia, uns meninos que já nasceram falsos moralistas, que julgam em fraldas, fraldas descartáveis dos 15 minutos de fama.

Opa, agora voltemos ao samba do Ismael, citado ontem por Demóstenes na CPI da lama derradeira: "Nem tudo o que se diz se faz / eu digo e serei capaz / de não resistir / nem é bom falar / se a orgia se acabar".

Ronaldinho é pérola para 2014, um gênio, basta se cuidar um pouco antes, bater uma bola consigo mesmo, uma pelota budista, não o jogo moral dos babacas, e voltar com tudo. Mano Menezes, tomara Deus, saiba disso.

Por fim, R10, saúde para tua mãezinha querida. E ainda tem gente que acha que nossa mãe estando mal não nos deixa fora do jogo. Nem nisso te perdoam. Enfim, sem desculpa, vai na bola, amigo, e se precisar dum ombro, cola!

E o Corinthians chega à final da Libertadores

*O mais difícil foi feito, resta apenas meio trabalho de Hércules
e Cássio, esse Obelix do Parque São Jorge*

Amigo torcedor, amigo secador, o corintiano se despediu, lindamente, da Terra do Nunca. Está, todo prosa, na final da Libertadores 2012, fato inédito na sua história. O operário, aqui da construção da Rebouças, pegou a sua marmita, abriu um sorriso daqueles e comeu feijão com arroz como se fosse um todo-poderoso rei da Dinamarca.

Não sou corintiano, repito, mas verdade seja dita, é um daqueles times que faz valer, meu eterno camarada Sócrates, a definição grega para a ordem democrática. Com o Corinthians, todo poder emana do povo. Não sou corintiano, mas meu tio Alberto Novais, um dos desbravadores do Parque São Rafael, na zona leste de São Paulo, parece me dizer agora, lá de cima: "Ô, meu filho, como pude morrer sem ter visto essa proeza?".

E passou às finais em cima do rival histórico, o sempre respeitável Santos, que vai ser lembrado nos dicionários do futuro como a mais completa definição da prática do futebol-clube. Em 2046, por aí, as crianças não irão mais dizer "Vamos jogar bola". Dirão os infantes: "Vamos jogar Santos" ou "Vamos jogar Peixe". O grande escritor Ray Bradbury, mestre da ficção futurista, foi quem me disse isso.

Vai, Corinthians. Não. Agora é "Foi, Corinthians". Deixou a ilha do Nunca e chegou à final inédita. Tende ao triunfo, óbvio, quem passa pelo alvinegro praiano, que já nasceu campeão das Américas, não teme mais nada. O mais difícil foi feito. Resta apenas meio trabalho de Hércules e Cássio, esse Obelix do Parque São Jorge.

Resta a titebilidade mínima, a invenção na hora de falar, marca do técnico gaúcho, e a vida simples na hora de fazer. Belíssima equação de Itaquera.

Resta a vida rasteira, ao rés do chão, a vida do prato feito, o PF da bola, na hora da batalha.

Nunca está morto quem peleia, é peleando que se ganha. É, seu Tite, pega a chinoca, monta o cavalo e desbrava esta coxilha, como aqui te aconselha o velho Wander Wildner, cantante da tua brava terra.

É, corintiano, se oriente, rapaz, com a possibilidade de ir para o Japão. Agora a bola já está com o tricolor baiano Gilberto Gil. Considere, rapaz.

El día que me quieras, Libertadores da América

Finalizada a batalha épica da Bombonera, o Corinthians
está a uma peleja da maior conquista da história

Amigo torcedor, amigo secador, quando o juiz deu por fim a batalha da Bombonera, na Buenos Aires querida, um maluco irrompeu, do fundo do boteco, cantando o mais famoso tango de Carlos Gardel: *"El día que me quieras"*.

Todo o bando de loucos, a essa altura, parecia fazer um coro em San Pablo: *"El día que me quieras*, Libertadores da América". A partir daí, o foguetório não parou mais. Duvido que algum corintiano de verdade, como me soprou o tio Alberto Novais lá da ZL, consiga pregar os olhos até o fim da caminhada inédita.

A classe operária, finalmente, vai ao paraíso. Só um desastre retumbante, um Pacaembuzaço, tira essa taça da ainda virgem e centenária agremiação do Parque São Jorge. Nem meu triste corvo Edgar parece ter mais *"fuerzas para la secación"*. Minha agourenta ave amanheceu em farrapos, um redemoinho de penas negras.

O mais maluco é perceber, amigo, que mesmo um time tão eficiente quanto uma linha de montagem de uma fábrica alemã da Volkswagen carece, em algum momento, de um herói. Nem o mais azeitado coletivo prescinde do seu protagonista.

Não se ganha título importante sem um personagem iluminado. O chão da fábrica precisa de uma estrela. Foi o caso de Romarinho,

Romariño, diminutivo de craque, candidato a ser o cara, o maior. O menino que veio de Palestina, no interior paulista, para fazer parte da história alvinegra.

E não me venha com essa de deuses do futiba. Foi mais a confiança do Tite, *el* timoneiro, do que as superstições. De deus na Bombonera só havia um, Don Diego Maradona, em carne, osso e barriga. Naquela noite, repito, em que alguns corintianos, na Mercearia São Pedro, o boteco ao qual me refiro, cantaram *"El día que me quieras"* como hino desta campanha nunca dantes vista.

A minha Monalisa do Ipiranga, que me abandonou antes do embate com o Santos, acordou ontem com um sorriso de rachar as paredes do Louvre. Alguém me disse que ela anda novamente, de novo amor, nova paixão, toda contente, como na canção de Evaldo Gouveia e Jair Amorim. Na voz de Maysa, óbvio, combina mais com o meu sofrimento.

Quem sabe com o Corinthians campeão, quem sabe, ela retorne ao chatô de sempre. Tenho um bom motivo para conter meu pobre *cuervo* nessa fatídica hora. O dia que me quiseres, como diz a letra do tango, as estrelas ciumentas nos olharão passar, lindos enamorados, até que a próxima Libertadores nos separe de novo, mais uma vez.

Corinthians, campeão da Libertadores de 2012

*O vira-lata do velho Benja, catador de papelão da área da rua
Augusta, retorna ao dono na noite da conquista da América*

Tudo já foi dito e explorado sobre o dia em que o Corinthians, tal o meu herói navegador Cabeza de Vaca, descobriu, para valer, a América. Ninguém contou, porém, a história de Putão – isso mesmo, não me pergunte o motivo –, o vira-lata do seu Benjamim, carroceiro aqui da área da Augusta.

Benja, como é conhecido na esquina com a Matias Aires, me pega pelo braço, ainda merecidamente bêbado com o triunfo do seu time. "Eu não disse que ele voltava!" Disse sim senhor, parabéns pelo título, foi merecido.

"Não quero saber de merecimento, odeio futebol, feio ou bonito, só amo o Corinthians", diz, orgulhoso como se tivesse a grana dos alvine-gros que foram ao Pacaembu na quarta. Como se tivesse o prestígio de um Washington Olivetto, outro corintiano ilustre da cidade.

Cheio da moral, com Putão beijando a boca, o catador de papelão relembra. Putão havia sumido no foguetório antes do jogo de ida em Buenos Aires. Ficou chateado, mas o desaparecimento do seu "psicólo-go" acendeu uma fagulha que o esquentou nas noites frias sem o amigo.

"Era o sinal do título", conta. "Sabia disso, só não sabia que Putão voltaria no justo momento em que acabou o jogo", Benja chora lágri-mas que derretem a sujeira encarvoada da face. Pede para que eu lhe pague uma pinga, como já é de costume, para continuar a história. "Um homem sóbrio não sabe dizer nem seu nome direito." É sua filosofia predileta.

E quem disse que o sergipano viu a partida. "Tenho mais o que fazer do que ver 22 machos correndo atrás de uma bola com um imbecil de preto, apito nos lábios, vendo se não houve beijo na boca", gargalha com a sua piada mais antiga. Conheço a gracinha desde que o apresentei ao doutor Sócrates, em um belo porre dos três no Ibotirama, outubro de 2009.

O que importa é que Putão, no foguetório do título, voltou ao seu dono. O vira-lata malhado, branco, preto e caramelo, o derrubou na sarjeta, tamanha era a festa.

"É meu psicólogo", diz Benjamim, o cara que mais me fornece temas de rua para as minhas crônicas. O vira-lata como analista ou terapeuta das massas. "Amizade de cachorro é fácil, quero ver é ouvir a noite inteira a minha desgraça", dá a ficha.

"O doutor Sócrates também vem toda noite conversar com a gente", solta o corintiano. O filho da mãe sabe que sou fraco para choro. "É sério", diz, convicto. Bem antes de morrer, o Magrão acreditava deveras no espiritismo.

Os destemidos caubóis da Pompeia

O Palmeiras ganha a Copa do Brasil 2012 com um time de renegados que lembra a bravura do Velho Oeste

Amigo torcedor, amigo secador, se fosse um filme de faroeste, a conquista do Palmeiras, campeão invicto da Copa do Brasil, poderia se chamar "Os Renegados". Alvo de chacota da imprensa e de pedradas até de parte dos seus próprios fãs, os caubóis da Pompeia se vingaram com o título da nossa taça mais nacional, a única que vai do sertão ao cais, espécie de Coluna Prestes da bola.

Até o discurso da comemoração, você reparou, caro palmeirense, saiu mais para o desagravo, a legítima defesa da honra do grupo, do que para a desabrida alegria da vitória. Muito compreensível. Entendemos a voz empoeirada do velho oeste sem carecer de legenda.

Os caubóis renegados da Pompeia têm pleno direito ao desabafo. Quem acreditava neles? Quase ninguém. E ainda chegaram à decisão com um time em remendos, sem o mago e sem o pirata. Com homens machucados, porém destemidos.

A saga verde foi um autêntico "Meu ódio será sua herança", para citar o filme predileto do meu amigo palmeirense Marcelo Mendez, um cronista basco-nordestino nascido no ABC paulista.

A Copa do Brasil, assim como a vida, é mata-mata. Um torneio onde os fracos não têm vez, agora lembrando a brutalidade do maior faroeste moderno, o dos irmãos Cohen. Cada jogador do Palmeiras foi um

Anton Chigurh, o matador interpretado pelo espanhol Javier Bardem, nessa jornada.

Sim, eu poderia estar aqui exaltando o futebol-arte, o fino da bola. Não vem ao caso. O triunfo do Palmeiras é de outra natureza. É de bravura. Nem por isso deve deixar de ser celebrado. A coragem talvez seja o maior luxo da condição de ser homem.

Só perde, talvez, para a vergonha na cara. Os renegados da Pompeia souberam dosar as duas qualidades. Mesmo sob chuva de balas não fugiram ao duelo sob o sol das contrariedades. Bravos.

Ah, como poderia esquecer, uma vez que o assunto é o fantástico mundo do faroeste – talvez a maior metáfora da nossa gloriosa existência. Como esquecer que o técnico Felipão, dublê de Gene Hackman, fez, na Copa do Brasil, o papel de o xerife de "Os Imperdoáveis", a fita genial do velho Clint Eastwood.

Para quem enfrenta uma confusão caseira sem limites e muitas dificuldades técnicas e humanas, o título do Palmeiras vai ficar na história como uma bíblia, um exemplo. Perto dessa conquista, toda prateleira da autoajuda agora é nada.

Parabéns, destemidos caubóis esverdeados!

Se os boleiros fossem escritores...

Ibrahimovic faz gols como um Haruki Murakami escreve suas novelas; Messi fica entre Jorge Luís Borges e Júlio Cortázar

Acredite, amigo, há mais semelhança entre os escritores e jogadores de futebol do que supõe a crônica esportiva.

O gol do Ibrahimovic, por exemplo, foi obra de um Haruki Murakami, o narrador pop de um certo Japão com pegada ocidental.

O golaço da Suécia contra a Inglaterra não pode ser patenteado como uma bicicleta clássica à Leônidas da Silva, o Diamante Negro. Foi algo mais próximo, plasticamente, de um golpe de Bruce Lee ou do filme das adagas voadoras. Ibra é chegado às artes marciais, como sabemos.

Fã confesso do Murakami, o atacante do Paris Saint-Germain replica seu estilo. Assim como Ganso, que retorna amanhã com uma nova camisa, a do São Paulo, é o nosso Graciliano Ramos. Na elegância, no corte seco, nos passes precisos e até no jeito tímido e carrancudo.

O velho Graça, naturalmente, desprezaria esta comparação. O autor de "Angústia" detestava futebol. Era uma modinha estrangeira que não teria chance no país. O esporte nacional, segundo o escritor, seria sempre a rasteira.

Segue a peleja. No jogo contra a Colômbia, o amigo Fernando Barros e Silva (revista Piauí) cravou um chiste certeiro sobre futebol e estilo: "Esse pênalti do Neymar é como se o Machado de Assis de repente escrevesse Marimbondos de Fogo".

O livro sobre os insetos incendiários, de 1978, reúne poemas do senador José Sarney. A obra foi decisiva para fazê-lo imortal da ABL. Na galhofa da turma do "Casseta & Planeta", o político maranhense faria uma trilogia com mais dois volumes: "Marimbondos de Porre" e "Marimbondos de Ressaca".

Neymar realmente é machadiano. Quem, porém, não comete suas pisadas?

Até o Messi sofre diante do placar em branco como uma página que desafia o escriba. O argentino seria um Jorge Luís Borges ou um Júlio Cortázar? Um pouco dos dois em uma pegada mais veloz. Vestiria a mesma camisa que o chileno Roberto Bolaño usou na literatura.

A todo escritor corresponde um boleiro e vice-versa. O contista tricolor Sérgio Sant'Anna, autor de "Páginas sem Glória", é o Rivelino da máquina do seu Fluminense.

Ronaldinho Gaúcho, na sua temporada mineira, teve um campeonato de Guimarães Rosa. Invenção e resultado ao mesmo tempo. Assim como todo o time do Corinthians que vai ao Japão usou o arrojo de um João Cabral na poesia sob medida do Tite.

O Grêmio teria sido um aguerrido João Simões Lopes Neto? No Brasileirão sim, bravo como os contos gauchescos, apesar de fracassar na Sul-Americana.

A Lusa seguiu na sua camoniana sina: o mundo gira e a lusitana roda. Sempre na faixa de risco da Segundona.

O Sport Recife não honrou seus dois ilustres e grandes escritores: Raimundo Carrero e Ariano Suassuna.

Finalizo com Fiori Gigliotti e o seu Palmeiras. Sim, um narrador esportivo na categoria de Fiori é um poeta condoreiro.

Fecham-se as cortinas e termina o espetáculo.

A pátria em bigodes

Em momento de decadência técnica, Felipão resgata o estilo
macho-jurubeba das antigas

Com Felipão e o seu fiel escudeiro Murtosa, voltamos a ser a pátria em bigodes. Pelo menos nesse critério macho-jurubeba, como tratamos o homem à moda antiga livre de modismos e sintomas metrossexuais, retomamos à velha escola.

Já o futebol, bem, aí é outra história. Bigode por bigode, o de Vicente del Bosque, técnico da Espanha, é bem mais discreto e infinitamente mais quixotesco.

E voltamos a ser uma pátria em bigodes em um momento em que esse símbolo da macheza latina desapareceu dos gramados. Não se vê mais um *mustache* como o de Rivellino, talvez o mais farto e famoso dos bigodudos que alcançaram a condição de gênios brasileiros.

Sim, o de Toninho Cerezo, outro fino da bola, também impunha moral e respeito. Outro craque ao mesmo estilo foi o Júnior, do Flamengo e da canarinha.

Sem a mesma arte e delicadeza com a redonda, Chicão, do São Paulo, marcou época como um bravo portador do enfeite capilar que metia medo nos adversários. Todo xerife que se prezava carecia, além da bravura indômita, de um bigodão como arma letal na hora do duelo.

Para continuar na cabeça da área, o Vampeta pré-*G Magazine*, o picaresco e bom jogador do Corinthians, também adotou a tendência dos volantes de antigamente. Foi um dos últimos cavaleiros a encampar esses usos e costumes.

Ah, teve o Fred, artilheiro do Fluminense. Ele mesmo, porém, disse que era apenas uma onda para comemorar o título do tricolor. Caiu bem o traçado no melhor gênero "O amigo da Onça", o personagem sacana do desenhista Péricles.

Lá fora, tivemos grandes bigodudos que sabiam tratar a pelota. É só lembrar de Gullit, da seleção da Holanda, e Breitner, da Alemanha. Este último, aliás, disse esta semana ao jornal *O Globo*, em passagem pelo Rio, que o Brasil estava 20 anos atrasado em matéria de estilo de jogar futebol. Pode ter exagerado um pouco no tempo. Razão, porém, não falta na sentença. Mas aí só o Tostão, qual um genial Freud ludopédico, pode explicar nas suas crônicas.

E por falar em futebol macho-jurubeba, hoje temos a decisão da Série C. Icasa, time de origem operária de Juazeiro do Norte, faz a peleja com o bravo Oeste, de Itápolis. Vai ser no fio do bigode. Futebol na linha "onde os fracos não têm vez".

Um ano sem Sócrates, que saudade, doutor

Aqui na terra vão jogando futebol, tem muito samba,
muito choro e rock'n'roll... O bando de loucos atravessou
a terra e está no Japão, que invasão

Nesta semana faz um ano que o doutor Sócrates partiu. Não careço de efeméride alguma para celebrar, todo dia, toda noite, a memória do velho camarada. O momento, porém, tingido em branco e preto, é especial e comoveria o Magrão.

É, doutor, o bando de loucos, como você bem conhece, invadiu o Japão. Como na música do Gil, meu velho, teve corintiano que viajou até no cargueiro do Lloyd lavando o porão. Se oriente, rapaz, a festa começou em Cumbica e talvez não pare nem mesmo com o anunciado apocalipse que se aproxima.

Outra coincidência da semana, Magrones, é que o teu chapa Oscar Niemeyer também se foi. O último dos bravos comunistas, sempre motivo dos teus brindes, está chegando aí na área. Sei que vais tirar onda e dizer que estou sempre dando notícias velhas, que estou mais enferrujado do que minha velha Remington.

Ah, Magrão, não zoa, mas realmente nada mudou muito depois que partiste. Aqui na terra estão jogando futebol, tem muito samba, muito choro e *rock'n'roll*, mas nada de novo debaixo do sol dos homens, meu camarada, como diriam o Eclesiastes e o teu amigo Chico.

Sabe quem saiu da CBF, Magrão? Acredite: o Ricardo Teixeira, teu ídolo (risos) para não dizer o contrário. O bom é quem entrou: o José Maria Marin, doutor, pode crer. Aquele mesmo cupincha da ditadura.

Mil desculpas, velho camarada, mas nada mudou neste último ano, embora o deputado Romário (PSB-RJ) insista em uma CPI para investigar os podres da CBF –não se sabe até quando seguirá interessado. O Juca, porém, continua cutucando os homens com sua caneta afiada, não para. O prezado amigo Afonsinho, aquele bom papo de sempre, agora escreve no espaço que ocupaste na "Carta Capital", tem repetido a categoria dos tempos de Botafogo.

Não zoa, notícia velha um cacete. Agora vou te contar uma nova. O Mano Menezes caiu do comando da seleção no momento mais errado do mundo – se é que tem tempo certo para queda – e o Felipão assumiu a canarinha.

Foi mal, Magrão, esta bola tu cantaste há séculos. Essa, porém, é novíssima: os estádios para a Copa do Mundo estão em um atraso miserável. Mais uma: a Fifa tende a proibir a venda de acarajé nos arredores da Fonte Nova durante o Mundial de 2014. Sério, Magrones, essa é braba, confesse.

Sabes quem está na bancada do nosso "Cartão Verde", doutor? O Rivelino, com um bigode de deixar teu ídolo Nietzsche com inveja, e o boa-praça Celso Unzelte, este sim um jornalista competente. Pasme, Magrão, o Vitor Birner aderiu ao futebol-arte. Um poeta. O velho Mussa, como chamavas carinhosamente o Vladir Lemos, continua o mais civilizado dos mediadores.

Fazes muita falta, doutor, e sempre cantamos para ti aquela seresta do Sérgio Bittencourt: "Naquela mesa está faltando ele / e a saudade dele está doendo em mim".

O Corinthians como ele é

Corintiano sem sofrimento é católico sem hóstia, judeu sem Torá, muçulmano sem Meca, evangélico sem culto, budista sem meditação...

Amigo torcedor, amigo secador, o Japão fez o favor de devolver, em menos de uma semana, o corintianismo ao Corinthians.

O time chegou ao outro lado do mundo na condição de favorito, depois de um ano de merecida glória e controle quase absoluto das partidas. Não é com esse status que decide amanhã, contra os azulões do Chelsea, o Mundial de Clubes.

E, convenhamos, corintiano sem sofrimento é católico sem hóstia na missa de domingo, judeu sem Torá, muçulmano sem Meca, evangélico sem culto, budista sem meditação etc.

O Corinthians que entra em campo amanhã é o alvinegro da velha mística do sofrimento e da quase tortura aos seus fiéis e orgulhosos fundamentalistas.

Quer moleza, vai torcer para o Barcelona do Lionel Messi.

Bastou aquele segundo tempo contra os egípcios para que todo corintiano voltasse a se sentir novamente mais corintiano. Algo andava muito estranho.

Mesmo na célere marcha de vitórias por 1x0, era uma equipe que mandava no jogo, sem risco, sem a vulnerabilidade que exibiu aos japoneses.

Bastou também um Chelsea mais ou menos organizado em campo, quase um Corinthians da Libertadores, para que o favoritismo fosse tingido do azul mais britânico. Cenário perfeito para o alvinegro do Parque São Jorge.

Até o meu poderoso corvo Edgar, que foi até o Japão no cargueiro do Lloyd, fez uma aliança de última hora com o gavião. Partiu ao Oriente com a certeza de que secaria o Corinthians.

Secou o alvinegro contra os bravos faraós do Egito. Secou o Chelsea contra os *mariachis* do Monterrey. Amanhã, pela sua lógica de secar sempre os favoritos, deve agourar os ingleses. Não pouparia o Timão caso ele permanecesse por cima da carne seca.

Se oriente, rapaz, pela constelação do cruzeiro do sul. A velha canção de Gilberto Gil, torcedor do Bahia e fã do Corinthians, tem muito o que ensinar, nesse perigo da hora, aos meninos do Tite.

Considere, rapaz, o privilégio de ter ido ao Japão.

Neste cenário, de resgate da cartilha do corintianismo, tudo pode acontecer. É mais jogo. Mais chance do churrasco matinal ser apagado apenas com o fim do mundo que está próximo.

O corintiano, o raro que conseguir dormir nas próximas 24 horas, amanhecerá mais fiel e nada estranho, corintianíssimo na sua possibilidade de superar o mais difícil.

O Japão, em menos de uma semana, reorientou o espírito centenário do time do povo.

Não deixa de ser algo budista. Medite, amigo, para secar ou para torcer em paz neste domingo.

A saga oriental dos maloqueiros

Sobre a invasão corintiana no Japão e a conquista do campeonato mundial de clubes de 2012

Na terra dos samurais, quem manda é o maloqueiro e sofredor corintiano. De Osaka a Osasco, do estádio de Toyota às várzeas de Itaquaquecetuba, não se fala em outra coisa: o mundo é do Corinthians.

Na terra dos samurais, a arte zen de dominar mentalmente o inimigo foi do mestre Tite, que deu um nó na cabeça da turma britânica do Chelsea – dosou a fúria de Guerreiro com a frieza do arqueiro Cássio.

Na terra dos samurais, Paulinho foi o ponto de equilíbrio; Alessandro e Fábio Santos comeram o jogo pelas beiradas; Paulo André e Chicão rebateram até os maus pensamentos da Rainha da Inglaterra... Ralf fungou em todos os cangotes, Emerson aplicou requinte e malandragem... Jorge Henrique se multiplicou como um ninja e Danilo foi elegante como a escrita de Murakami.

Na terra dos samurais, o bando de 30 mil loucos fez a festa com sakê e rabo de galo. Pouco importam as promissórias e prestações dos carnês da viagem. Alguns venderam tudo que possuíam para testemunhar a conquista do mundo. Pergunte a qualquer um dos maloqueiros, mesmo na ressaca épica de hoje, se estão arrependidos? Zero chance de tal resposta.

Na terra dos samurais, o Corinthians mostrou que o futebol brasileiro anda mal, no geral, mas não está morto, olhe o respeito, sempre há um rompante para lembrar a história antológica.

Na terra dos samurais, meu amigo Walter Taveira, da vila Tolstói, zona leste de SP, deu um perdido na noiva. A uma semana do casamento, se mandou, sem avisar, para o país das gueixas, sem hotel, apenas com a passagem de ida, na louca mesmo. A aventura provocou um corte no orçamento da festa do matrimônio, mas que dinheiro paga esta felicidade do homem? A noiva, também alvinegra de Parque São Jorge, entendeu o tresloucado gesto e perdoou o malaco. Ele irá ao altar com a camisa do título debaixo do paletó. Que o amor seja eterno enquanto dure. Parabéns corintianos pela conquista.

Só a Lampions League salva

*Asa de Arapiraca X Campinense jogam luz sobre as trevas
e a sujeira do futebol nacional*

Amigo torcedor, amigo secador, só a Lampions League salva a essa altura da barbárie. É assim que o empolgante torneio do país é chamado nas melhores bodegas da região e nas redes sociais. A Lampions que tem o Asa de Arapiraca e o Campinense na disputa. Passaram por cima de Bahia, Vitória, Sport, Santa Cruz, Fortaleza, Ceará, as potências favoritas.

No contraponto da Lampions, a lambança e o jaguncismo escancarado. Como se ufanar desse país, meu caro conde Afonso Celso? Nem o Pacheco tem mais motivos. Creio que nem mesmo a Velhinha de Taubaté se viva fosse. A respeitável senhora, não sei se você lembra da personagem de Luis Fernando Veríssimo, acreditava piamente no governo Sarney, entre outras assombrações da velha ou nova República.

Repare só o que temos que ouvir, camarada: "Eu já empurrei jogador para a seleção brasileira, dando comissão", disse o presidente do Sport do Recife, Luciano Bivar, em entrevista à rádio Transamérica. Como se fosse a coisa mais corriqueira do mundo. Sem susto. Como quem comenta banalmente sobre o tempo.

O cartola falava de Leomar, bravo volante da canarinha na era do técnico Leão, início dos 2000. No comando da CBF, ele, Ricardo Teixeira. Todo mundo nega. O deputado Romário, porém, está empolgado. A confissão confirma o que sempre denunciou: o cartel das convocações. Quer CPI urgente. Duvido que saia algo sério sobre o assunto.

É crise técnica – não temos time – e lama moral no pescoço, como na tempestade de ontem em São Paulo. Na direção dos trabalhos, um José Maria Marin que foge como o diabo de perguntas sobre a morte do jornalista Vladimir Herzog. É suspeito de colaborar com a ditadura militar no episódio. Veja o perfil, dona Dilma, do homem da Copa-14. Quero ver é agora.

Só a Lampions salva. Repare também, amigo, no comportamento das uniformizadas nas viagens com seus clubes na Libertadores. Vai a do Corinthians e provoca aquela tragédia de Oruro. Vai a do Palmeiras e dá vexame no aeroporto de Buenos Aires.

Agora uma rápida vinheta histórica. Em rolê recente com Mano Brown pela cidade, ele me lembrava da importância política que já tiveram as organizadas, como a Jovem, do Santos, time do rapper. Corta para uma cena de 1979: a torcida abre faixa gigante no Pacaembu pela "Anistia ampla, geral e irrestrita". A PM imediatamente reprimiu alguns responsáveis pelo protesto. Quero ver é agora. Isso bem antes de outro movimento importante, a Democracia Corintiana, com doutor Sócrates e grande elenco, nos anos 1980.

Só a Lampions salva. E se o Asa for campeão, como previsto na música do Chico e do Francis Hime? A Raposa é osso e quer o título.

O primeiro embate é amanhã, na terra do Fumo.

Ilze Scamparini e o papa secador

Na semana da escolha do Papa Francisco, torcedor do time do corvo argentino, tudo está voltado para a decisão da copa do Nordeste

Aqui no Recife, a caminho de Campina Grande para a final da Lampions League, o torneio mais charmoso do mundo tatu-peba, uma voz me persegue, digo, uma voz me atiça, aquieta, sacode, seduz involuntariamente, me faz baixar um Deus n'alma ao mesmo tempo em que me encaixa um *"Diavolo in corpo"*, o diabo na carcaça, como no filmaço homônimo de Marco Bellocchio.

Uma coisa assim meio sagrada como o poeta William Blake, meio bagaceira como uma letra de Wando. Moça, me espere amanhã depois da fumaça, seja branca, seja preta. Uma voz me persegue. Até quando? Sim, óbvio, a voz da Ilze Scamparini e seu cachecol que dança ao vento coreografado por meu inconsciente e dirigido por Deus.

Não consigo mais dormir direito, não consigo deixar de sonhar com um amor proibido na Capela Sistina, não consigo ser alegre o tempo inteiro, mesmo ouvindo o vinil novo do meu ídolo Wander Wildner. Não consigo sequer secar o São Paulo, minha diversão predileta desde o tempo em que o tricolor mandava e desmandava na Libertadores.

Quando a Ilze começa a narrar o simples ato do papa emérito, o Bento, ter tomado um sorvete no seu retiro... Quando a Ilze se encanta com o franciscanismo do Chico argentino, minha Nossa Senhora do Passa Quatro, que cadência de narrativa, salve a cidade de Araras, que deu ao

Vaticano a mais bela e pródiga das italianas.

Uma voz me persegue e, juro, puro delírio, acabo de ver um cachecol até em um coqueiro da praia de Boa Viagem. Meu corvo Edgar, cutuca: "Acorda, xarope!".

Deixa a Ilze em paz, recomenda a mais agourenta das aves futebolísticas do universo. O que importa para Edgar, que secou os brasileiros no conclave – chega de pachequismo eclesiástico! – é que o Francisco é San Lorenzo desde *niño*, religiosamente o time de Buenos Aires que adota o corvo como mascote.

Em vez de "chupa, Brasil", Edgar, que se sente local depois de um estágio com o poeta Fabián Casas, crocitou: "Chupa, Boca". Boca de Boca Juniors, naturalmente, caro amigo laico. Um corvo jesuíta é capaz, à maneira do padre Anchieta, de rabiscos na areia que a própria maré das obviedades desconhece.

Uma voz mansa, como aquela mais edipiana das nossas mães botando um ovo estrelado em cima do nosso bife raríssimo, lá na infância da chapada do Araripe. Procuro razões freudianas e ludopédicas, Ilze, mesmo assim não há nada que justifique, no divã ou na arquibancada, essa voz que não desprega das minhas oiças, a voz rouca que sabe falar a língua dos homens.

Ah, o Campinense é favorito, mas que ninguém brinque com o Asa de Arapiraca, você aí que é Palmeiras, você aí que é Wanderley Luxemburgo, sabe do que estou falando. Vou tentar esquecer a voz da Ilze, pelo menos durante a finalíssima da Lampions League.

Complexo de Gabiru

Em momento de descrença total no escrete canarinho, uma vitória contra a Itália nos trouxe um pouco de ilusão

E não é que impusemos 2 x 0 na Itália, ainda no primeiro tempo – poderia ser três se o homem de preto não fosse um dom Corleone de ocasião que roubou um pênalti explícito – e parecia que o Brasil inteiro implorava pelo empate deles. Parecia que o Brasil inteiro não mais acreditava que seria normal, no ano da graça de 2013, um triunfo de goleada sobre a Itália.

O país inteiro pediu, nos botecos e nas redes sociais, para tomar o empate. Como assim, 2 x 0 na Azurra, impossível, tem algo de errado. Ninguém acreditava. Os moleques principalmente. O inconsciente de videogame falava mais alto. Não podemos vencer os europeus, ora bolas, eles são incríveis, tampas de Crush, fodões do bairro Peixoto.

Vivemos, à véspera da Copa das Confederações e na antevéspera da Copa-14, não mais o rodriguianíssimo complexo de vira-lata pré-1958, vivemos algo muito pior, vivemos a síndrome do cão de raça premiado em momento de certa decadência. O cão desconfiado da sua potência.

Após cinco taças, a canarinha não ganha dos grandes, quase sempre é encurralada – independentemente do técnico – e vê-se, no semblante de cada um dos jogadores, cara de cachorro pidão e inferiorizado.

A narrativa da crônica ludopédica nem se fala. É mais humilhante ainda. Diante de qualquer esperneio de Neymar, por exemplo, carimba-se o passaporte do menino para a Europa. Fica uma pergunta pendurada: quantas Copas ganhamos por causa desse suposto selo de qualidade? O jequismo mata o Brasil de inanição, amigo. Crescemos economicamente e ficamos condenados ao terceiro-mundismo mental.

O inconsciente gabiru não nos deixa matar o jogo no primeiro tempo. Ah, como assim, é a Itália! Como assim, é um gigante. Como assim, somos o 18º no ranking da Fifa. E nisso esquecemos inclusive a superioridade de títulos e decência estética na arte de jogar bola.

É a cabeça, irmão, como diria o compadre Walter Franco. Nossa crise não é técnica, não é tática, não é de pé de obra, como me ensinou o amigo Sócrates. Temos bons aqui e nos melhores times do mundo – só para acalmar o jequismo.

Fico em dúvida em nomear nosso complexo. Se caísse no conto da mídia diria: os técnicos europeus reinventaram a bola. Não caio. É de enrubescer o Jeca Tatu tamanha e óbvia tautologia a cerca do nada.

Sim, amigo Tite, falam muito e não dizem nada. Precisamos urgentemente recuperar nosso passado de cão mordedor. Vira-lata ou de raça. Não importa. E principalmente precisamos esquecer a Europa. Precisamos comer, viver, existir e jogar bola como brasileiros.

Pela repatriação do nosso inconsciente coletivo. Voltemos à várzea para sermos grandes de novo.

Pelo direito imediato de chamar todo lateral esquerdo de João, como fazia o Garrincha.

Lágrimas do rei Dadá na Libertadores do Galo

"Se houver uma camisa preta e branca pendurada no varal durante uma tempestade, o atleticano torce contra o vento"
(Roberto Drummond)

Fim de jogo e um rei em lágrimas, o choro de uma majestade do futebol brasileiro, 926 gols no conjunto da obra, a mais fiel tradução dos nossos Macunaímas, elegante com a cabeça, mal-ajambrado com os pés, um beija-flor no ar, um tanque de guerra sobre a terra.

Peço a devida licença, leitor do peito, para seguir aqui a prosa que reiniciei com o artilheiro da canela abençoada, o inventor do dadaísmo, gênio dos contrastes, o cara dos gols feios mais bonitos do planeta, o homem que chorou com a massa mascarada, em pânico, diante do pênalti para *los xolos* de Tijuana.

"O rei está em lágrimas", confessou ao final da peleja mais chorada dessa vida que teima em imitar um drama mexicano. "Meu coraçãozinho não vai aguentar. Vamos, Galo. O amor é lindo", dissera antes.

"Vitória com V de Victor! O rei está em lágrimas. Hoje a majestade é do goleiro", reverenciou mais uma vez o carrasco dos guarda-metas.

É, meu rei Dadá, não foi nada "mamão com açúcar", como costumas definir estar no mundo, só para contrariar o casmurro doutor Sigmund Freud. Foi osso. Aquele osso de fogão de cortiço que fica dependurado em uma corda e rende um caldo ralo ao *infinitum* para os feios, sujos e malvados.

Assim é mais gostoso, é como naquele tempo em que moravas com o cantor Evaldo Braga ("sorria, meu bem!") na Febem da época. É como o primeiro triunfo, o primeiro gol de canela do destino que te levou ao outro lado do muro. "Sinto a cruz que carrego bastante pesada", cantaria o teu amigo que trouxe a *black music* para a canção romântica do rés do chão dos ofendidos.

Não foi aquela moleza, caro Dadá, que testemunhei na Ilha do Retiro, teu recorde mundial de gols em uma partida, 1976: Sport 14 x 0 Santo Amaro, mais conhecido como o time das Vovozinhas. Fizeste dez dos quais. Filé, amigo, eu corto é com colher, como me disseste tempos depois em uma entrevista para o "Tabloide Esportivo", o maior jornal do gênero que o mundo já teve, digo, o Recife.

Vivo fosse, Dadá, o escritor Roberto Drummond (de "Hilda Furacão") repetiria, depois daquela noite no Independência, a crônica: "Se houver uma camisa preta e branca pendurada no varal durante uma tempestade, o atleticano torce contra o vento".

No milagre, o atleticano teve que torcer contra o vento. O redemoinho parou no pé do goleiro. Que venha a bonança da taça, a América, meu caríssimo Fred Melo Paiva, cronista alvinegro desta saga. Calma, xará Chico Pinheiro, está escrito no firmamento, o Galo leva – *Libertas quae sera tamen*!

Sabias, caríssimo Dadá, que o galo é o único animal que canta depois do gozo? Pois é, amigo. O homem entristece, silencia, no máximo acende o velho cigarro *king size* do dever cumprido. O Galo é o único clube brasileiro que restou na Libertadores. O Galo é 13 no jogo do bicho, o Galo é lágrima por lágrima do eterno artilheiro que só lhe deu motivos para ser alegre na vida.

Fica sussa, seu Kiko Goifman, dirige ai mais um belo filme em paz, o Atlético será campeão da Libertadores 2013!

Dialógos platônicos e socráticos

Quando a massa do futebol encontra os manifestantes das ruas para formar a "pororoca social"

Peço a devida licença para me dirigir novamente ao doutor Sócrates, em mais uma carta deste epistolar cronista, afinal de contas é impossível não lembrar do cara da "Democracia Corinthiana" em uma hora tão rica, quando o futebol e as ruas se encontram para desaguar na "pororoca social" ou, melhor ainda, para rebobinar a fita do "Terra em Transe", o filme de Glauber.

É, Magrão, como me disseste lá na Pompeia, no bar do Expedito, esse negócio de futebol como ópio do povo não cola. O papa-capim do mineiro, na gaiola como testemunha, que o diga. É o que vimos agora na Copa das Confederações, meu velho. Em vez de ópio, o pio. E não me xingues pelo trocadilho infame. É de grife. É do Millôr. Nem é do nosso Mazinho, o campeão no gênero.

Em vez de anestesiante, doutor, o futiba que deu as cartas e a visibilidade aos protestos. Nego cercou as arenas como pôde. Sempre a rogar por "padrão Fifa" para uma vida inteira e cotidiana, não só no esporte das massas. Até mesmo a classe que pagou ingressos caríssimos não se calou nessa hora. A cartilha suíça foi para as cucuias, em Fortaleza ou em Caucaia. Desobediência do hino à placa dos acréscimos.

Os Dorivais enfrentaram a guarda, como no filme dos gaúchos Jorge Furtado e José Pedro Goulart. Um Dorival cearense, Magrão,

- 186 -

conterrâneo do teu pai, seu Raimundo, desafiou a tropa e foi parar até na capa do *New York Times*. Cito o jornalão americano só para lembrar quando bradávamos em uníssono, na Mercearia São Pedro: "Grande merda".

É, doutor, deu o óbvio: Brasil pega a Espanha na final de domingo. A derradeira vez que vencemos em Copa foi com um gol teu, lembras? Pelo que sei, não recordas, nunca fizeste questão de memória. Em matéria de vaidade, querias o teu em grandes conversas na távola redonda dos nossos bares prediletos, com moças bonitas de preferência.

Por falar nisso, estive outra noite, com teu filho Gustavo, teu irmão Raimar & família. Foi um chororô bonito, pra cima, aquele choro de quem ouve a longa estrada da vida, do tempo em que o sertanejo era "mobral" e bonito. Raimar estava impossível, depois te conto, amigo.

E sabe quem apareceu? Acertou de primeira: Paulo César Caju, esse gênio de bola e cuca. Foi lá mesmo. No bar do Chico e da Alaíde. Outro que vi recentemente, em um papo sobre o teu livro de crônicas, foi o prezado Afonsinho, o craque botafoguense que inventou o passe livre.

É, doutor, aqui na terra vão jogando *futibô*, muito samba, muito choro e *rock'n'roll*... A coisa aqui tá linda, digo em matéria de inconformismo e confusão propriamente dita, a história se bolindo em nossa frente, momento rico que não cabe em uma crônica e muito menos em minhas lágrimas sempre renovadas, viver é cachoeira, até a próxima.

Cuca celebra a Missa do Galo

A oração "Eu acredito" encontra no técnico do Atlético
um verdadeiro fundamentalista

Amigo torcedor, amigo secador, peço a devida licença, como sempre acontece nos momentos especiais do esporte, para me dirigir a um só camarada, somente uma criatura nesta semana de Missa do Galo antecipada, um cristão simplesmente no meio da legião de mineiros fundamentalistas.

Sim, é possível, por mais incrível que pareça, ser mineiro e fundamentalista ao mesmo tempo, desde que seja, eu acredito, alvinegro, inconfidente, *Libertas Quae Sera Tamen*, Libertadores da América.

Peço a devida licença, repito, para me dirigir ao Cuca, o cidadão Alexi Stival, curitibano, tido e havido como um homem azarado, mesmo que, passando a régua nos números e nas sensações, tenha feito milagres com o Goiás, com o Fluminense e, por razões estéticas, com um Botafogo que jogou mais bonito do que as lutas ferrenhas nos romances de capa e espada.

Nessa fase, os idiotas da objetividade, como me lembra o tio Nelson, te pregaram na cruz com o martelo da ignorância. Os bons ladrões da arbitragem, nada bíblicos, ajudaram a te imobilizar, não como injustiçado, mas como um chorão nato. Injustiça prego a prego, bem sabes.

Como me dizia o doutor Sócrates, nos nossos diálogos platônicos na madruga paulistana: "Esse sabe o jogo". Era o maior elogio que saia da boca do doutor, meu guia, meu guru, o amigo que me ensinou que a vida não cabe na prancheta. A vida é sempre mais escorregadia e amante do acaso do que qualquer fiel marido cerebral imagina.

Caro Cuca, na semana do papa em terras brasileiras, na semana em que nevou nos trópicos, na semana em que todos duvidavam – menos os atleticanos –, na semana em que morreu Djalma Santos, conquistastes não um título, conquistastes a liberdade, mesmo que tardia, do maldito estigma, logo tu, crente até as últimas consequências, logo tu que conheces os mistérios dos cruéis diagnósticos desde a morte do pai, amém.

Tudo é possível, no Galo, o homem pode tudo, porque o galo é a metáfora penada, penosa, penitente, do poder e também da humildade, o mundo coberto de penas como nas vidas secas do romance de Graciliano Ramos.

Daqui por diante, Cuca, diga como um gênio da poesia, diga como no poema de Walt Whitman, um americano gente simples, pés descalços, um torcedor do Galo mesmo antes de o Galo ter nascido. Ele dizia, depois de muita merda na sua vida: "Daqui por diante não digo mais boa sorte, boa sorte sou eu".

Com Ariano Suassuna, na Ilha do Tesouro e do Retiro

*Louco de pedra pelo Sport, o autor d´A Pedra do Reino
dá um susto na torcida*

Tudo que importa hoje é me dirigir a um distinto cavaleiro do reino de dom Sebastião e de Dom Pedro Diniz Quaderna, igualmente doido de pedra por futebol como nós todos, pé quente qual um descobridor de tesouros na Ilha do Retiro, cujo ilhéu da vizinha Ilha do Leite respeita e reconhece de longe, um menino de 87 anos, Sport Recife desde a Paraíba, contador de histórias na linhagem de Robert Louis Stevenson e tantos aventureiros, um gênio brasileiro, às vezes incompreendido, mas nunca ilhado, uma salva de palmas e tiros de bacamarte para Ariano Suassuna.

Quis o destino que o autor de "O Santo e a Porca" estivesse justamente ali, agora, no meio das tantas ilhas da Veneza Americana, internado no Real Hospital Português, depois de um infarto nesta semana.

Graças a Deus o Sport joga hoje fora, muito longe, em Curitiba, contra o Paraná. Fosse a peleja naquele sítio, à beira do leito de recuperação, Suassuna surgiria, na beca, no vermelho mais Sthendal e no negro mais Zumbi, para gáudio da galera que o tem em alta conta, estima e consideração clubística.

O genialíssimo Hermilo Borba Filho, seu amigo, que se dane lá no seu purgatoriozinho que dá de dez a zero em Palmares, o paraíso natal dele. Nem adianta ficar mandando tentadoras pulhas do outro mundo.

Tens que ficar é aqui com a gente, Ariano, para ganhar a Copa Sul-
-Americana e subir para o lugar de onde nunca deveria ter despencado.
Vai te arrombar, Velha da Foice, deixa o homem acabar seu novo livro
– reparaste no pensamento egoísta do leitor que considera o "Romance
d'A Pedra do Reino" o nosso Quixote e só pensa na nova obra! Magote
de cabra safado!

O Sport sobe, amigo, sem dúvida. Após aquela camisa em tua homenagem, então, se não subir é muita falta de vergonha na cara. Tem
que mandar o elenco todo amassar barro e queimar caieras de tijolos
Taperoá adentro. Os boleiros têm que ler, nem que seja os dizeres da tua
lavra, escritos no manto de glórias.

E chega de susto, meu velho, basta o rebuliço que nos causou o escritor Raimundo Carrero, outro clássico cosmo-sertanejo, o autor mais
russo do Brasil hoje, igualmente do vermelho e do negro. Aqui lendo
esculhambações e aventuras do Príncipe do Sangue do Vai-e-Volta, me
despeço, morrendo de rir, como sempre, minha única e possível forma
de rezar e tomar cachaça com Deus.

Sim, Ariano, soubeste do lançamento do livro de outro grande amigo
comum, Samarone Lima? Escreveu, com Inácio França, "A Trilogia das
Cores", o primeiro volume com as crônicas do Blog do Santinha, edita-
do lá na Inglaterra. Depois te conto essa grande história. Um abraço do
fundo d'alma sertaneja, com admiração e votos de um levante ligeiro,
teu admirador Francisco.

O torcedor do Corinthians não é mais aquele

Depois da Libertadores e do Mundial no Japão, o alvinegro pode até ser maloqueiro, mas deixou de ser masoquista

Os tempos mudaram e o corintiano não é mais o mesmo. Pode até ser maloqueiro, como no grito da massa alvinegra; sofredor jamais, adeus masoquismo futebol clube. Isso é estigma da época em que a Libertadores da América era apenas uma piada sacana dos adversários. O corintiano safra 2013 é outro.

O corintiano de hoje não suporta mais nem uma simples derrota de varejo em um campeonato de pontos corridos, como a da última quarta-feira para a Ponte Preta. Mal-acostumado ao tropeço, o novíssimo corintiano já especula a saída do técnico, já berra e protesta, já blasfema aos céus de Itaquera, já paga geral, já não procura mais a mulher para o sexo, como se queixa minha prima e amiga Waldete, corintianíssima representante da ZL.

É tão-somente uma brincadeira da Wal com o marido, mas, pensando bem, as outras coisas fazem todo sentido, reflita comigo, você que reza pela cartilha de São Jorge. Depois do Japão, meu irmão, ficou difícil para a galera mascar o jiló do sofrimento, mesmo que passageiro. O vendedor de jornais já berra a manchete no semáforo, como nas gazetas das antigas: "Crise no Corinthians".

O corintiano é outro homem, é outra mulher hoje em dia. Os corintianinhos, então, Deus nos acuda. O filho desta minha prima aí de cima, por exemplo, é só marra. Walderson, 5, batismo que junta o nome dela com o do pai, Nelson, pertence à orgulhosa geração Japão. O menino é uma onda. Também pudera. O paulistinha, com sangue dos sertões do Ceará e de Pernambuco, já nasceu com o título de campeão do mundo encomendado. Pense em uma criatura cosmopolita!

O pai esperou décadas por um estádio, o filho vai praticamente atravessar a rua, no aniversário de seis anos de idade, e adentrar a moderníssima arena da abertura da Copa do Mundo. O pai ouviu a vida inteira a piada da Libertadores, o filho praticamente não dormiu direito nos seus poucos anos por causa de tantos fogos nas comemorações.

Por essas e por outras é que vos digo: o corintiano, conforme o conhecemos, não existe mais. É peça de museu, é relíquia, é objeto de tese de antropologia da USP. O neocorintiano virou um exigente. Aquele cara que dorme na fila do Procon para reclamar de cara feia de vendedor. O corintiano "padrão Fifa" não deixa barato.

Dá até uma saudade do velho amigo corintiano de outros tempos, não acha? O da superação de todas as derrotas e adversidades, o time feito à imagem e semelhança da sua vida. Digo isso ao Nelson, o marido da Wal, o pai do menino-Japão, e ele arregala: "Você tá maluco, nostalgia não enche bucho".

O dia em que Diego Costa virou espanhol

Deste um exemplo, sergipano, para milhares de jovens que saem cada vez mais cedo sem chance na peneira da pátria amada, mãe gentil

Amigo torcedor, amigo secador, peço a devida licença para me dirigir, especialmente, a este brasileiríssimo rapaz de Lagarto, Sergipe, que dentro de campo, doravante, é tão espanhol quanto uma tourada ou um sapateado de flamenco. Caríssimo Diego Costa, tomaste a decisão mais certeira, sem essa de traidor da pátria, como se fora um Calabar durante a invasão holandesa (1630-1654).

Sem essa, meu nego, *no pasa nada*, só tu sabes o que passaste na tua vida de papa-jaca, como é chamado um autêntico lagartense. Tua pátria é a tua bola e aqui não rolou chance alguma entre os profissas. Aqui, tua pátria foi apenas tua várzea. *"Perdido en el corazón/ De la grande babylon"*, eras um clandestino da pelota, como diria Manu Chao, este cantante que também aboliu as linhas dos mapas.

Cá entre nós, tua pátria é a do Iniesta, caro Diego. Viste como ele se parece com *nosotros* nordestinos?

Segundo o site "Cearenses Internacionais", que faz humor sobre a semelhança de variados povos e personagens famosos, o craque do Barça nasceu na praia de Morro Branco, Beberibe (CE), em 1984. Não duvido. Cearense é um bicho que corre mundo.

Brincadeiras globalizadas à parte, o Felipão ficou bravo, o que não é lá *muy* difícil. O Felipão pôs a questão de ordem, marcha, para mexer com os brios da tropa de Pachecos. *No pasa nada*, amigo, a Espanha te valoriza, disseste tudo. Aqui és, mesmo depois desta peleja, uma tremenda dúvida. Até para este vagabundo cronista que te escreve, embora veja no teu jeito de marcar gols um quê de Emílio Butragueño – o objetivíssimo espanhol da filosofia *un toque e me voy*.

Deste um exemplo, Diego, para os milhares de jovens que saem cada vez mais cedo, sem chance nas peneiras da pátria amada, mãe gentil. Sem essa, meu nego, brigam Espanha e Brasil pelos direitos do mar, o mar, porém, meu velho, é das gaivotas que nele sabem voar – que me desculpe pelo arremedo de paródia da música de Milton Nascimento e Leila Diniz.

Caríssimo rapaz de Lagarto, sem essa de traição à pátria, bom foi observar como os espanhóis ficaram orgulhosos pela tua escolha futebolística. Sei que seguirás como um brasileiríssimo papa-jaca.

O jornalista e escritor David Trueba, em crônica no *El País*, falou bonito. Disse que a tua decisão é motivo de euforia para os espanhóis que vivem grave crise na economia e na autoestima. Com a pegada de chiste e gozação elegante, Trueba exaltou o triunfo sobre a praia de Copacabana, o carnaval da Bahia, as mulheres com adornos de frutas na cabeça, o lema "Ordem e Progresso", a voz de João Gilberto com música de Tom Jobim e versos de Vinicius.

Um legítimo samba-exaltação puxado na castanhola. Aqui, amigo, no máximo farias companhia aos cupins no esquenta-banco de reservas de luxo. Tua pátria é tua bola. O rio Vaza-Barris corre no teu sangue de infância em transfusão com o madrileño Manzanares que te apontou o destino.

No pasa nada. Tua pátria é o universal grito de gol em qualquer língua. Tua pátria é a pequena área. E saibas de uma coisa importante: agora és o papa-jaca mais conhecido do mundo. Deixaste para trás outro filho ilustre da terra, o homem-víbora, Joel Silveira, o maior repórter brasileiro de todos os tempos. Palavra do jornalista pernambucano Geneton Moraes Neto. Aquele *abrazo* e nos vemos na final do Maraca.

O país de Caça-Rato

Nesta pátria, as vidas são desperdiçadas, velho Bauman,
muito mais do que nos exemplos do teu livro sobre o tema

No país de Caça-Rato, símbolo da sobrevivência e herói do time do Santa Cruz, tudo é diferente da fantasia e da modernidade que tentam nos vender a cada instante, a cada clique, a cada moda. No país de Caça-Rato, o menino Paulo Henrique, 9, nada de braçada no esgoto do canal do Arruda, como na foto de Diego Nigro (JC Imagem), que assombrou o mundo esta semana.

No país de Caça-Rato, alguns, como o próprio jogador, escapam graças ao futebol, ao funk, ao rap, ao pagode. Muitos outros ficam no caminho, caça-ratinhos fadados ao limbo dos refugos humanos ou às balas nada perdidas da polícia – quase sempre morte matada antes dos 30.

No país de Caça-Rato, vale o libelo da música de Chico Science, no rastro das imagens do médico e escritor Josué de Castro (1908-73): o homem-caranguejo saiu do mangue e virou gabiru.

No país de Caça-Rato, as vidas são desperdiçadas, velho Bauman, muito mais do que nos exemplos do teu livro sobre o tema. No país de Caça-Rato só há o barulho dos roedores em sinfonia (wagneriana) com a denúncia permanente das tripas.

Neste país, não se diz estou abaixo da linha da pobreza ou qualquer outra frieza estatística, neste país se diz simplesmente "tô no rato", o mesmo que estar lascado como um maxixe em cruz. O mesmo que estar na pele daquele roedor da fábula de Kafka, o bicho que vê o mundo cada vez mais estreito, sem saída à esquerda e muito menos à direita, restando apenas recorrer à orientação de um gato para não cair na ratoeira. O gato o orienta, civilizadamente, mas o abocanha na sequência.

No país de Caça-Rato, tudo é mesmo diferente. Estádio não é arena, não se sabe quem governa, e o Santa Cruz é muito mais que a seleção Brasileira. É a pátria dos pés-descalços, ouviram do canal do Arruda às margens fétidas e baldeadas.

O dialeto que se fala neste país não entra no Aurélio, mas sim no Liêdo, um sábio recifense, autor, entre outras joias, de "O Povo, o Sexo, a Miséria ou o Homem é Sacana".

A alta gastronomia no país de Caça-Rato tem o aruá, o sururu – já bem escasso e artigo de luxo –, o mingau de cachorro e o caroço de jaca assado na brasa. O rei do camarote neste país sem fronteiras é conhecido como cafuçu, o avesso do playboy, mas uma criatura que capricha no estilo dentro das suas posses. O jogador do Santa Cruz que dá nome a este país é o príncipe dos cafuçus.

No reino de Caça-Rato, o menino que nada no esgoto no canal do Arruda é apenas uma foto que assombra a classe média. Não se fala outra coisa no país de Caça-Rato: que gente mais besta e limpinha, por que tanto barulho sobre uma cena tão repetida diariamente? O país de Caça-Rato sabe que daqui a pouco ninguém mais se lembra. O país de Caça-Rato funciona à prova de padrão Fifa.

Esquece o Timão, vamos falar de mulher

"Naquela mesa ele sentava sempre / E me dizia sempre, o que é viver melhor / Naquela mesa ele contava histórias / Que hoje na memória eu guardo e sei de cor".

Sempre me pego em um papo com o doutor Sócrates sobre o teatro do absurdo que é o futebol brasileiro. Ele se foi, mas a prosa continua, naturalmente, *ad eternum*. Meio mesa de bar, meio "Cartão Verde", nosso programa na TV Cultura. Que diálogos de Platão que nada, bom mesmo são os diálogos socráticos e dionisíacos, se liga, mano.

O garçom Rogério, da Mercearia São Pedro, nos traz uma gelada e a primeira pauta: "E o Timão, doutor?" No que o eterno camisa 8 tira onda, reforçando o sotaque caipira: "Bora falar de 'muié' que é mais negócio".

Aí eu vi vantagem. Também prefiro, doutor. Muito melhor que a crise do Corinthians. Crise, que crise? A diretoria prefere chamar de fase de reformulação. Ih, tucanaram o vexame, diria o confrade José Simão.

Para melhorar o ambiente, a torcida treta em um bíblico Caim x Abel dos manos uniformizados com os manos em trajes civis.

Bora falar de mulher. Repare que brotinho, doutor. Sim, a de vestido colorido. Claro que conheço. Não biblicamente falando. É a Tainá, uma carioca que resgata, em todos os sentidos, a condição de "ser brotinho" como na crônica homônima do botafoguense Paulo Mendes Campos. Uma carioca corintiana, doutor, que provoca "olas" de testosterona no "túmulo do samba".

"E esse troca-troca, doutor, do Pato pelo Jadson?", intervém o garçom França, são-paulino do Piauí. O doutor sacaneia: "Disso eu não entendo, sou 'anarfabeto', Francinha. O escriba Marçal Aquino aponta com os beiços, sem gastar nem sequer um vocábulo, outra musa da taverna da vila.

O doutor só repete a pilhéria cujo alvo é este cronista da nação Cariri. Um cara pergunta a um cearense: gosta de mulher? Ele responde: gosto. Nova pergunta: E de farinha? O cearense se empolga: Vixeee!

A mulher da calça vermelha, um clássico erótico do bar, passa no meio do nosso corredor polonês. Suspendemos a respiração. Marquinhos, santista, larga o caixa e provoca: "Viu o novo Di Stéfano, doutor?". Refere-se, obviamente, ao menino da vila Stéfano Yuri, que debutou contra o Linense com o gol que a estrela Leandro Damião não fez. O doutor repete o mantra da noite: "Bora falar de muié!"

Agora falando sério, mas sem ser chato, o ambiente é de boteco, não de "Manhattan Connection". O cara da Democracia Corinthiana vibra com os cidadãos instigados do Bom Senso FC. Com ou sem greve agora, o debate ficou interessantíssimo. Há pouco era tudo na base do "sim senhor", da cabeça baixa, do "time está unido". A conversa agora é outra.

E, para variar, me despeço cantando aquela do Sérgio Bittencourt, doutor, também regravada pelo nosso amigo Otto: "Naquela mesa ele sentava sempre / E me dizia sempre, o que é viver melhor / Naquela mesa ele contava histórias / Que hoje na memória eu guardo e sei de cor".

O abuso do messiê Jérôme nos Tristes Trópicos

Em nome da Fifa e suas regras ridículas para a Copa do Mundo de 2014, o francês quer recolonizar o Brasil

Com licença que eu vou dar um troço, amigo Waly Salomão. Esse secretário-geral da FIFA, Jérôme Valcke, sempre em visita a este país com a sua panca de colonizador fanfarrão do Velho Mundo. Tira qualquer um do sério. Vôte, como se diz no enfado nordestinês.

Tudo bem, o sr. pode alegar que não tem culpa, se o governo rubricou e assinou tudo em submissa e cordialíssima obediência de colonizado. O governo talvez tenha o mesmo hábito popular de não ler aquelas letrinhas contratuais.

Sim – *oui, messiê* –, as digníssimas autoridades da terra do pau-brasil fizeram uma faraônica e franciscana transposição do dinheiro público para sumidouros privados. O sr. está certo nesse ponto: os governantes aceitaram tudo, agora não reclamem.

Queriam mostrar que são a nova potência, o país da vez e da moda no mundo? Agora agasalhem as obrigações. As ponderações de vossa senhoria, sr. secretário, são até razoáveis ao pé da letra fria e miúda dos termos. Cumpra-se e escutem o grito das ruas.

Nem que seja o grito abafado pelos gols. Nelson Rodrigues diria que diante do primeiro gol dos canarinhos, não haveria um só brasileiro decente que fizesse coro com os grupelhos de manifestantes. Será?

Continuasse o gênio pernambucarioca com a opinião que conservou desde a Copa de 1958, certamente manteria a ideia clássica da "Pátria em chuteiras" –o que é bem diferente do pachequismo de ocasião. O futebol brasileiro, segundo as suas crônicas, estava acima do bem e do mal das ideologias.

Viajamos na mesa branca. Voltemos ao destinatário inicial. Caro Jérôme, letrinhas contratuais à parte, o sr. não acha que, diante do cenário que se anuncia desde os protestos da Copa das Confederações, a Fifa não poderia ser menos arrogante e entender o que se passa no país? Até a ONU revê seus acordos, ora bolas!

Por que insistir, por exemplo, nestes currais festivos, com seus reis dos camarotes, as tais *fan fests*? A festa, no Brasil, é em qualquer canto, não sob placas oficiais, jabás e abadás dos patrocinadores. A festa aqui é no bar do David, no Chapéu Mangueira – excelente para gringos e brasileiríssimos, seu Jérôme –, a fuzarca é no cabaré Lady Laura, lá no Crato; é no Zé Batidão, o agito da Cooperifa, na ZS paulistana.

A rebeldia do Recife, que se nega a bancar a farra copeira, *messiê*, está moralmente correta, seja atitude demagógica ou não do governador Campos, ops, do prefeito Geraldo Julio. Mesmo considerando que este mesmo poder andou pisando na bola em relação às manifestações culturais em Pernambuco, que em nada dependiam dos encafifados senhores.

Sr. Jérôme, mais juízo, considere o cenário dos trópicos no momento. Melhor que botar a perder, por letrinhas tão pequenas, a festa maior do futiba.

A poesia canhota de Rivaldo

De volta à comparação entre literatura e futebol, o craque
pernambucano fica entre João Cabral e Graciliano Ramos

Para cada craque há um escritor ou poeta correspondente, no que lembro a semelhança entre o jogo de Rivaldo e a poesia de João Cabral de Melo Neto. Rivaldo poderia também ser Graciliano Ramos, mas como autor de "Vidas Secas" odiava futebol, preferia a rasteira como esporte nacional, vamos de poema em vez de prosa.

Rivaldo foi João Cabral, nas mesmas 20 palavras ao redor do sol. Na linguagem do jogo, apenas o necessário, como na fala, a lição de dizer com menos vocábulos. Até o adeus, tanto de um como do outro, dispensou a cerimônia, despediram-se da mesma coisa: o medo do excesso.

O poema ou a bola, ambos trataram com a canhota. As duas biografias se encontram como o Capibaribe e o Beberibe se unem para formar o oceano Atlântico. A coincidência se repete no mesmo time que defenderam: o poeta e o atleta vestiram as cores do Santa Cruz – o poeta, América (do Recife) de nascença, cerebral *center half*, foi campeão juvenil de 1935 pelo tricolor do Arruda.

Em entrevista que publiquei no "Jornal da Tarde" nos anos 1980, João Cabral confessa, no seu pouco riso, que em campo repetia o estilo do poema e vice-versa. Àquela altura pendia mais para a tourada madrileña do que para o futebol brasileiro.

Entre cafés e aspirinas, na casa de um parente na estrada do Arraial, no Recife, nas cercanias da sede antiga do América alviverde, o poeta d'o cão sem plumas arriscou, nessa de comparar jogo e escrita: "Garrincha está mais para Nelson Rodrigues, inclusive nas tragédias cariocas. Alguém também pode inventar de achá-lo parecido com o João Guimarães Rosa, por causa das invencionices das palavras".

O poeta não soltou mais palpites diante do pobre foca com fome de vida e manchetes. Provoquei com o caso do goleiro e escritor argelino Albert Camus. Jogar no gol repetiria a miséria humana? Seria uma posição existencialista como a prosa e parte da filosofia de Camus? O poeta não deu muita corda à pergunta. Voltou a falar da relação com o América daquele bairro, time fundado praticamente dentro da sua casa.

Voltemos a girar ao redor desses dois sóis de Pernambuco: João Cabral não deixou um poema para o seu semelhante em campo, Rivaldo Ferreira. A primeira estrofe dedicada a Ademir da Guia, o craque palmeirense, no entanto, paga muito bem essa dívida. Repare se não poderia ter como objeto poético o melhor jogador da Copa de 2002: "Ademir impõe com seu jogo/o ritmo do chumbo (e o peso),/ da lesma, da câmera lenta/do homem dentro do pesadelo".

Carta aberta a Dona Lúcia

Depois das sapatadas de cromo alemão no 7x1 de Belo Horizonte,
só nos resta sentar na margem do velho Chico e chorar

Humilhados e ofendidos, aproveito o clima de consternação patriótica para me dirigir, exclusivamente, a uma só criatura: dona Lúcia, a brasileira de fé que enviou a singela missiva de conforto ao "professor Felipão", sim, a inesquecível cartinha lida pelo também professor Parreira, sob o olhar comovido de Sancho Pança, digo, fiel escudeiro Murtosa.

Por um momento, estimada Lúcia, achei que fosse uma bela sacanagem do Luis Fernando Veríssimo, o grande cronista colorado, na tentativa de ressuscitar a Velhinha de Taubaté (1915-2005), aquela senhora que acreditava em tudo e em todos desde o governo de João Figueiredo – o general que preferia cheiro de cavalo ao cheiro do povo.

Desculpa, dona Lúcia. Cheguei também a desconfiar que fosse um texto desses marqueteiros especialistas em gerenciamento de crises. Pensei em várias bobagens também, afinal de contas, em momentos de tristeza sempre recorro ao erotismo dos desesperados para aliviar a barra. Vai ver, rapaz, essa dona Lúcia é uma bela afilhada de Balzac, que escreve essas cartinhas de cinta-liga, ali no diferenciado bairro de Higienópolis, sorvendo a sua tacinha de *poire* ao crepúsculo.

Perdoa-me pela perversão, dona Lúcia, mas a senhora, como conselheira de corações destroçados, sabe, mais do que ninguém, o que se passa pela cabeça de um homem atingido por sapatadas de cromo alemão. Não há masoquismo que explique. A cada gol, dona Lúcia, vinha também a voz histérica da musa punk Nina Hagen no meu juízo.

Não está sendo fácil, dona Lúcia, mas as suas palavras também me confortaram. Como se não bastasse aguentar o Peninha no programa "Extra-Ordinários", amiga. Ainda bem que tem o Paulo Miklos, o homem que fala línguas como o "Nheengatu" e dialetos como o "Õ Blésq Blom". A Maitê manda afetos de Dona Beija. Inté 2018.

A missa de Sétimo Dia do cabalístico 7x1

Bem que o Juca me avisou que não esperasse grandes coisas. É que devo ser parente da dona Lúcia ou neto da Velhinha de Taubaté. Só pode

Amigo torcedor, amigo secador, se o inesquecível 7x1 do Mineiraço deixou a sensação de uma cerimônia fúnebre, a coletiva da CBF esta semana foi como uma missa de sétimo dia para rebobinar a memória da tragédia. Em vez de um conforto qualquer, a dupla Marin/Del Nero só provocou mais o choro da nossa viuvez futebolística.

Só resta a este nada objetivo cronista derramar lágrimas de carpideira. Sim, meu velho Millôr, de onde menos se espera é de onde menos sai mesmo. Bem que o Juca me avisou que não esperasse grandes coisas. É que devo ser parente da dona Lúcia ou neto da Velhinha de Taubaté. Só pode.

Como foi melancólico ver o Marin tapando o flash dos holofotes com a peneira da insensatez. Foi inevitável: me bateu a tristeza do Jeca, o esmorecimento que não cura nem com pirão de parida, receita contra o tédio que aprendi com o poeta pernambucano Ascenso Ferreira.

Ainda bem que o Gilmar Rinaldi esqueceu a tese do "apagão" e criminalizou o boné do Neymar. Nesse momento, doeu saber da capacidade de elaboração filosófica do novo coordenador da CBF. Não, não carece ser nenhum Nietzsche, nenhum bigode grosso da sabedoria, para ocupar o cargo. Até me contentaria com a simplicidade radical da lógica pura de um Neném Prancha.

Este delirante cronista, caro Juca, sonhando de novo. A convivência com o doutor Sócrates, amigo, me deixou mal-acostumado. Ler o Tostão idem. Só pode.

Juro que a missa de sétimo dia da CBF, celebrada com 24 horas de atraso no luto, me deixou mais triste do que a salsichada de Belo Horizonte. Fica difícil imaginar algum milagre por parte do novo treinador ilhado entre esses homens.

Via aquela mesa e pensava: coitado do Tite. Se é que vai ser ele mesmo! Tenho toda respeitabilidade com o ex-comandante do Corinthians campeão do mundo, mas que fogueira. Tomara que, só para variar, Juca, eu esteja completamente errado. Hoje e sempre.

Como é triste saber que não há no horizonte, ao contrário de qualquer partida de futebol, possibilidade de virada. A placa, fria e cética, informa: sai Marin e entra Del Nero. *Vade retro.*

No que me pego de novo em delírio. Digamos que em lugar daquela triste mesa da coletiva, um conselho de notáveis: Tostão, Reinaldo, Zico, Falcão, Paulo Cezar Caju, Afonsinho, Raí, Givanildo – sim, é preciso incluir quem conhece o nosso futebol a fundo em todas as divisões. A lista poderia ser maior, foi apenas o que me ocorreu agora.

É, caríssimos Alex e Paulo André, só cantando aquela do "Tim Maia Racional" que fala em bom senso. Só acreditando em uma safra milagrosa como a de 1962. Olhai os lírios dos campos.

Pois é, caríssimos, é uma coluna triste, embora recheada de grandes nomes, apesar dos pesares. No que deixo aqui o meu adeus ao João Ubaldo, com quem dei a sorte de beber e com quem dei a sorte de ser abstêmio naqueles milagrosos botequins do Leblon que resistem ao terror da especulação imobiliária.

O pequeno Brasil de Dunga vai ao divã

*No aniversário de um ano do 7x1, a seleção volta a fracassar
na Copa América 2015*

Pelo crime de um péssimo jogo em Concepción, Brasil e Paraguai mereceram, depois do 1x1 no tempo normal, o castigo de decidir nos pênaltis a vaga nas semifinais da Copa América.

Como na última edição do torneio, deu o time guarani de novo, por 4x3. Só restou a este cronista tomar um uísque falsificado, ouvir uma guarânia e blasfemar em "portunhol selvagem", a língua que falamos na nossa tríplice fronteira com *los hermanos* paraguaios e argentinos.

A seleção canarinho até ensaiou um bom futebol coletivo nos minutos iniciais, com um Philippe Coutinho beatlemaníaco e aventureiro, tal qual atua no Liverpool, um Elias ao estilo do jogador que conhecemos do Corinthians e Daniel Alves respirando Barcelona. Dessa forma, veio o gol de um refeito Robinho, aos 24 do primeiro tempo.

E por aí ficou a ilusão tingida de verde e amarelo. Em vez de tentar o segundo gol, o Brasil, aos poucos, adotou um joguinho cartorial, precavido e burocrático. Um Elias quase proibido de ir mais adiante, acompanhando o ataque, era o retrato do resto da jornada.

A despedida brasileira, na primeira partida de mata-mata depois da tragédia dos 7x1 para a Alemanha, revela, neste aniversário de um ano do Mineirazo, cabalísticos sete erros:

1) Fora de campo, o técnico Dunga pisou na bola, na véspera da

partida, ao misturar na mesma frase a intenção do politicamente correto e um gesto de racismo: "Acho que sou afrodescendente, gosto de apanhar". Em um país com forte herança escravagista e de uma seleção brasileira historicamente negra, a frase foi um desastre, para dizer o mínimo. O que diria o cronista Mario Filho, autor do clássico nacional "O negro no futebol brasileiro"?

2) Dentro da cancha, um treinador sem imaginação ou capacidade de sair da sinuca paraguaia. Quem pensa mal, treina mal. É preciso sim saber usar as palavras. Não pode ser um "sem noção", como dizemos aqui nos trópicos.

3) A CBF não quis aprender com o 7x1. Simplesmente ignorou, sob a ilusão de que o fracasso na Copa 2014 teria sido um fato surreal e isolado.

4) Se o futebol canarinho perdeu relevância no mundo, é triste saber que está abaixo também das seleções da América Latina. O fim de um "império". Ninguém teme mais a camisa amarela.

5) Em nome da falsa mística que temos que jogar "sério", o Brasil não sorri mais em campo. Tudo bem não ser um time de chorões, mas essa cara dura, com exceção de Robinho, revela que a garotada não se diverte mais com o jogo. Oswald de Andrade, um dos maiores escritores brasileiros, em seu manifesto antropofágico, já dizia: "A alegria é a prova dos nove".

6) José Maria Marin, ex-presidente da CBF está preso na Suíça; Del Nero, o atual, teme até sair de casa, e manteve distância da equipe na Copa América, com medo de ser detido. A turma do "Bom Senso F.C.", grupo de atletas que repensa o futebol brasileiro, precisa ser ouvida mais seriamente.

7) O 7x1 não serviu de quase nada. Que esta melancólica despedida de hoje, com um técnico sem imaginação que serve apenas para tolher o pouco talento que nos resta e para acabar com a ideia de se divertir em campo, sirva para alguma coisa. O samba está no divã. Que volte no melhor dos rebolados.

Brasil e o pesadelo de não ir a uma Copa do Mundo

Ainda sob o comando do técnico Dunga, a torcida vive o temor de não ter a canarinha na Russia 2018

Tem muito jogo pela frente, mas a seleção canarinha, sob o grito de olé dos chilenos, só reforçou a sensação de muitos brasileiros: ficar, pela primeira vez na história, fora de uma Copa do Mundo. Segue o pesadelo dos 7x1. Com esse "sonho intranquilo", o time de Dunga voltou do Chile mais cedo na Copa América. Agora retorna ao país de Neruda com uma feição mais mal-assombrada ainda. O terror coletivo se tornou explícito em cada face, sob o *close* das câmeras, depois da peleja

   O futebol do "país tropical abençoado por Deus e bonito por natureza", como na lírica genial de Jorge Benjor, parece ter imitado o Del Nero, presidente da CBF: não foi a Santiago nesta noite. O cartola-mor, depois das prisões dos capos da jogatina suja feitas pelo FBI, não cruza o raio-x dos aeroportos.

   E o que o 11 dunguista fez em campo? Jogou na moral da covardia de acreditar em um empate. Até o roupeiro mentalizou esse empate passado e repassado pelo técnico. As transmissões da tevê brasileira, que acabaram mimetizando de certa forma essa vontade, tornaram ainda mais aberto o clamor por um 0x0 contra o eterno freguês.

   Faltou imaginação. Nossa rima mais pobre no momento na política e no futebol: falta imaginação na situação, no inconsciente golpista (vulgo memória histórica!) da oposição e ainda mais na seleção. Eis o estadão das coisas, meu caro Wim Wenders — só pra zonear com o título de um dos seus filmes aqui nos trópicos.

Todo brasileiro tem moral para falar também tecnicamente. Bora nessa. Tudo bem, se a onda era esperar, esperar, esperar e jogar no contra- ataque, por que aquele menino Oscar que não acerta um passe final e parece que até virou inglês de tão *cool*, no sentido de frio, não no sentido de bacanudo? O Hulk também só me lembrou os tanques do tempo dos milicos.

William jogou alguma bola, Elias sentiu saudade do Tite, seu ótimo técnico do Corinthians, mandou a bola e não seguiu atrás dela, ficou proibidão, para continuar na crise superlativa do "ão", nossa paupérrima e exclusiva rima da língua portuguesa.

Em vez de organizar a fantasia, temos um técnico que administra a covardia e pensa no jogo como uma guerra pragmática. Assim fomos este ano ao Chile, assim voltamos. Neste 2x0 nem deu tempo, como naquele fim de relacionamento amoroso, meu caro Chico Buarque, de devolver o Neruda que o brasileiro nunca leu. Foi pouco.

A pátria em sandálias da humildade

*O país repete no futebol o medíocre desempenho e estilo
da política de Brasília*

O Brasil que chega à centenária Copa América é um Brasil provisório
que repete, na bola, o cenário catastrófico da política pós-golpe ou impeachment, dependendo do ponto de vista.

O técnico Dunga, qual um interino presidente Michel Temer, sob
protestos gerais, tenta se salvar a todo custo. Tem a cabeça a prêmio por
causa da péssima campanha nas eliminatórias para a Rússia 2018.

Mais do que isso. É um professor, como os brasileiros chamam os
treinadores, que não pensa o jogo. Não é Pepe Guardiola, tampouco
Simeone. Parece muito, em todos os sentidos, o presidente provisório.
Falta-lhe imaginação.

O país chia, grita, protesta. Não precisa pesquisa de opinião para saber que o técnico é o menos preferido entre os brasileiros. Há um temor,
de fato, que a seleção canarinha, pela primeira vez na vida, fique fora de
uma Copa do Mundo.

O time, porém, ainda consegue ser melhor, infinitamente melhor, que
a equipe política de Brasília. Não é aquele Brasil acostumado a encantar
o mundo, mas, com as sandálias da humildade – em vez da Pátria em ele-
gantes chuteiras engraxadas pelo menino Pelé – pode surpreender pela
desobediência civil, ao técnico Dunga.

Somos o país que só triunfa pelo erro. Quem sabe um Ganso, o melhor jogador, só chamado de última hora pela falta de condição de saúde de milhares de boleiros normais, não seja essa peça bossa nova? É o mais requintado dos nossos selecionáveis. O único capaz de botar um atacante escancaradamente na frente do gol.

Se o Brasil esquecer o Dunga, pode até beliscar o troféu da centenária Copa América. Os meninos sabem o que é uma bola. Os meninos não terão a sombra e a dependência de Neymar Jr., um excelente jogador do Santos e do Barcelona que ainda não justificou sua convocação no time canarinho. Seguramente justificará mais adiante.

A ausência do 10 que não é Pelé, está a vinte mil léguas submarinas disso, pode fazer muito bem ao escrete. Ganso, que sabe pensar e tem alguns rompantes do nosso filósofo Sócrates, quem sabe, pode reinventar um time perdido no tempo. Dois filhos da selva amazônica, dois paraenses.

Sócrates sempre me dizia: "Se esse cara quiser, se buscar isso a todo custo, vai ser grande". Tratava de Ganso.

No banquete socrático, creio, Neymar funciona em uma orquestra pronta, como o Barça, mas foi incapaz, até agora, de saber repensar o Brasil como ideia futebolística.

Ganso tem que ser esse cara. Está aberta essa vaga de pensador de futebol. Que o menino amazônico aproveite e desfrute. Apesar do Dunga. Apesar da CBFcorrupta cujo presidente Del Nero não viaja para fora do país com medo de ser preso. Apesar de tantos brasis reacionários e golpistas, no futebol sempre há alguma maluquice a ser feita com a ideia de uma certa bossa nova joãogilbertiana. Quem sabe os meninos resolvem ignorar, sutilmente, o Dunga e a ideia careta do Brasil de hoje.

Quem sabe, é nessas horas de crise de pensamento, que um país ressurge. Que venham os desobedientes aos esquemas táticos e aos vozeirões burros do banco, como os insurgentes Joões Gilbertos e seus banquinhos de voz própria. Ganso, se botar moral, pode ser esse cara. Tomara, Deus, tomara.

O Brasil precisa ser repensado. Por isso que nós estamos de plantão e nos vendo na Copa América.

A má educação do Brasil para a derrota

O brasileiro não se reconhece mais naquilo que tinha
de mais sagrado e encantava o mundo

Com um nervoso e mimado menino Neymar, sem educação para a derrota, a seleção brasileira deixou ontem a cancha do estádio Monumental, em Santiago, de forma melancólica, depois de perder por 1x0 da Colômbia. Um triste aniversário para o bicampeonato conquistado pelo time de Zito e Didi, exatamente no Chile, há 53 anos.

O bar Papillon, aqui na minha esquina de Copacabana, era o retrato desse Brasil de futebol decadente: quase todos os frequentadores acabaram o jogo blasfemando contra a equipe e torcendo para o adversário. Nem os mais borrachos disfarçavam o mau humor. Nem a sempre animada Glorinha, a Monalisa carioca de lábios pecaminosos, conseguia ensaiar uma ponta de sorriso.

O brasileiro não se reconhece mais naquilo que tinha de mais sagrado e encantava o mundo. A "Pátria em chuteiras", como definia o dramaturgo Nelson Rodrigues, o Shakespeare dos trópicos, é uma ideia que não faz mais sentido.

E não é apenas a derrota de ontem, mal digerida pelo enfezado craque Neymar, que nos aterroriza. Além da escassez de craques, a maioria dos treinadores do país é tacanha em filosofia de jogo. Pensamos mal o jogo. Perdemos o *free jazz*, a bossa nova, a invenção. Dunga, por exemplo, preferiu conspirar contra o árbitro.

É difícil dizer isso, muito difícil, mas viramos um país comum com a bola nos pés. No dia em que o cavaleiro solitário não funciona, o fracasso vem naturalmente.

É difícil, mas teremos que nos educar para a derrota, ao contrário do comportamento do nosso camisa 10. O 7x1 da Alemanha não serviu para isso. O resultado foi tão absurdo que não teve valor pedagógico. Só a derrota se tornando mais rotineira nos servirá de lição de casa. Para mostrar que não somos mais os donos do universo. Muito pelo contrário.

O Brasil ganhou de forma sofrida do Peru; o Brasil levou um baile tático e técnico da Colômbia. Dois velhos *sparings*. O Brasil agora teme até a Venezuela, o próximo adversário. O futebol canarinho voltou a conviver com a velha síndrome de vira-lata, da qual falava o mesmo cronista Nelson Rodrigues. A pátria em chuteiras virou a pátria em franciscanas sandálias da humildade.

Fica aqui, como ponto final, o minuto de silêncio pela morte de Zito, craque do Santos e da canarinha de 1962, que partiu no derradeiro domingo aos 82 anos de existência.

Zito é um bom exemplo para o Brasil, nessa fase de luto, repensar o seu futebol. Zito tinha três "bês" que nos fazem muita falta hoje em dia: bola, brio e era um bem-aventurado homem de boa vontade.

A pátria em algemas e tornozeleiras

"O patriotismo é o último refúgio do canalha. No Brasil, é o primeiro"
(Millôr Fernandes).

Repetiremos mil vezes, por mil e uma noites: o futebol no Brasil já foi tão importante ao ponto do nosso principal cronista, Nelson Rodrigues, ter definido a seleção nacional como a "Pátria em chuteiras".

Para o estrangeiro ou desavisado conterrâneo da "Pátria Educadora" – slogan do governo – que ainda desconhece o tio Nelson, deixo uma comparação bem à maneira da pegada hiperbólica rodrigueana: este monstruoso escritor nascido no Recife e criado no Rio de Janeiro é o Shakespeare dos trópicos. No mínimo. Repito mil vezes.

Muita gente se aproveitou do mote do cronista nos últimos 50 anos. Generais da Ditadura Militar, o governo federal do PT/aliados durante a Copa 2014 e, óbvio, a oposição chefiada pelo tucano Aécio Neves e seus célebres amigos futebolistas, como Ronaldo e o seu então agenciado e subalterno Neymar Jr.

A camisa amarela do escrete também virou fardamento oficial das recentes manifestações que clamavam aos céus pelo impeachment da presidenta Dilma, pediam o golpe dos milicos e o fim da corrupção. Por cima daqueles corações exaltados, em uma espécie de taquicardia cívica e moral, havia o escudo da CBF, a Casa Bandida do Futebol, para usar a sigla na versão do jornalista Juca Kfouri, um Quixote pioneiro nas denúncias das tenebrosas transações da tal confederação.

Em todos os casos de uso e abuso da "Pátria em chuteiras", vale a versão verde e amarela do filósofo carioca Millôr Fernandes para uma frase famosa do velho Mr. Johnson: "O patriotismo é o último refúgio do canalha. No Brasil, é o primeiro".

Ricardo Teixeira passa a bola para José Maria Marin, que mata no peito patriótico – o do lado do bolso e do coração – e solta a pelota para Marco Polo Del Nero... Eis o trio de atacantes das últimas três décadas na presidência da CBF. Acostumados a uma marcação frouxa e relaxada por parte das autoridades brasileiras, agora enfrentaram os beques carniceiros do FBI. Jogo bruto. Marin está preso na Suíça, Teixeira e Del Nero, os boas vidas, são citados, nas figuras de "co-conspiradores", no relatório da investigação americana. Aguardemos as cenas dos próximos capítulos do seriado.

A certeza absoluta da impunidade foi definida por essa turma da pesada em todos os modos possíveis. Principalmente no "estou cagando e andando" de Teixeira, como disse na histórica entrevista à repórter Daniela Pinheiro (revista *Piauí*, 2011). Falava sobre as denúncias, as mesmíssimas de hoje, que já borravam a sua ficha corrida.

"Só vou ficar preocupado, meu amor, quando sair no Jornal Nacional", desdenhou. E saiu na noite de ontem, vamos ver os desdobramentos. "Deu até no *New York Times*", como a gente costuma se expressar na língua provinciana da taba Tupi desde os tempos do Henfil.

O "cagando e andando", segundo a teoria da fase anal de Sigmund Freud, significa esbanjamento de grana. Simbolicamente, se meu freudianismo de botequim estiver em dia, Teixeira esnobava sem economizar no verbo ou na gastança, sem qualquer contenção (enfezamento), o seu pecado capital sem origem muito bem resolvida. A merda ou o dinheiro, mesmo de maneira simbólica, sempre deixam rastros. Siga o cacau, digo, a grana, reza o manual do cão farejador de mutretas.

Em crise de qualidade técnica e de moral, o mais correto, caríssimo Nelson Rodrigues, seria dizer que estamos em uma fase da Pátria em sandálias da humildade. Descemos do salto alto. Como repetem por aqui: 7x1 foi pouco. Infelizmente não consigo pensar assim de forma tão fria. Aquela tarde-noite do Mineirão ainda me humilha profundamente. Por mais que eu politize a minha dor, minha dor não cai no conto. Algumas dores dos homens, mesmo as mais bestas, são à prova de analgésicos ideológicos. A dor do futebol principalmente.

A rasteira é o grande esporte brasileiro

Modesta proposta para o uso de modalidades nacionais nos jogos Olímpicos do Rio 2016

O Brasil, que está longe de ser uma potência olímpica, poderia fazer jogos bem mais interessantes e adequados ao caráter nacional. Em vez do *badminton*, a peteca propriamente dita, na sua versão mais mineira possível. Que futebol que nada. O verdadeiro e incontestável esporte canarinho é a rasteira, como na proposta de Graciliano Ramos (1892-1953), o mais russo e genial dos nossos escritores.

A rasteira como espécie de capoeira e, evidentemente, como a arte de passar a perna no outro. O importante é levar vantagem em tudo, certo? A delação premiada e o grampo seriam modalidades disputadas em Brasília.

Na classe dos relacionamentos, o pulo à cerca é disparado o mais popular, o ouro moral mais perseguido pelos amantes. Porrinha (jogo de palitos), queda de braço, vaquejada, pega-de-boi, briga de galo e o dominó também têm chances de emplacar na maior competição do mundo.

Outras propostas deste sedentário cronista de costumes ao comitê Rio 2016:

Molhar a mão – Nunca existiu crise hídrica, em São Paulo ou qualquer parte do país, que impedisse este nosso eterno campeonato de propina. Não há vidas secas para tal arte. A mania cívico-esportiva foi adotada desde o originalíssimo esquema Pau Brasil nos tempos da

Monarquia. A Lava Jato agora revela: de tanto molhar as mãos uns aos outros, políticos e empreiteiros acabarão afogados.

Golpismo com ou sem obstáculos – Teria sido praticado pela primeira vez com o "Golpe da Maioridade", que levou o mancebo Pedro II, com 15 anos incompletos ao trono, em 1840. Começava o Segundo Império. Outro golpe, em 1889, fundaria a República. E assim, aos trancos e barrancos, como dizia o professor Darcy Ribeiro, vamos seguindo hoje em dia em Brasília.

Pole dance – A dança enroscada ao poste é um clássico das boates de *striptease*. Mais artística do que qualquer variação da ginástica. Existe uma federação internacional do ramo que já reinvidicou oficialmente a inclusão da modalidade na olimpíada carioca. Na torcida. As meninas do Vagão Plaza, casa erótica de São Paulo, são favoritíssimas ao ouro dessa prática que reúne o melhor do caráter apolíneo e do dionisíaco ao mesmo tempo.

Malabarismo de semáforo – É no sinal fechado que muitos brasileiros revelam sua arte da viração. Teriam, no entanto, adversários competentes na área: o time de mochileiros argentinos. Um clássico à vista na disputa pela hegemonia na América Latina.

Corrida ao busão – Outra grande modalidade na categoria sobrevivência nos Tristes Trópicos. Vale a disparada, nos cem metros rasos, em busca do ônibus quase perdido. Os motoristas devem ser treinados com os condutores cariocas, os mais velozes do Oeste na arte de "queimar" paradas. Um desafio até para o Usain Bolt.

Rasteira – Graciliano Ramos defendeu este esporte, espécie de capoeira mais rudimentar, em reação ao avanço do futebol no país:

"A rasteira! Este, sim, é o esporte nacional por excelência! Todos nós vivemos mais ou menos a atirar rasteira uns nos outros. Logo na aula primária habituamo-nos a apelar para as pernas quando nos falta a confiança no cérebro — e a rasteira nos salva. Na vida prática, é claro que aumenta a natural tendência que possuímos para utilizarmos eficientemente a canela. No comércio, na indústria, nas letras e nas artes, no jornalismo, no teatro, nas cavações, a rasteira triunfa."

O sucesso olímpico da gambiarra brasuca

O que trato como uma ficção carnavalizada é reconhecido, na realidade, pelos próprios organizadores da festa

Ao procurar os personagens do Pokémon Go, jogo que virou febre tropical no lugar da zika, o caçador pode flagrar, em vez dos bichinhos japoneses, uma cena extraordinária: o Macunaíma, auxiliado por MacGyver, ainda tentando dar um jeito no caos olímpico do Rio 2016. O MacGyver, capaz de milagres nas suas gambiarras no seriado americano, obedece a ordens, pasme! do Macunaíma, nosso herói malandro e preguiçoso criado pelo escritor Mário de Andrade ainda em 1928.

O que trato como uma ficção carnavalizada é reconhecida, na realidade, pelos próprios organizadores da festa. Benvindos à terra da gambiarã – palavra em tupi-guarani que significa acampamento improvisado e teria dado origem à nossa familiaríssima gambiarra. Até o presidente Michel Temer é provisório a essa altura. Um nó de fios desencapados, um curto-circuito promovido por um golpe do Parlamento que vai incinerar os 54 milhões de votos da eleita Dilma Rousseff.

Não encontraram crime de responsabilidade, como prevê a Constituição, contra a presidente? Não tem problemas. Os senadores que cuidam do processo de impeachment montaram uma usina de gambiarras politiqueiras para sustentar a cassação do mandato. Por este motivo, estão marcados para hoje, dia da abertura da Rio 2016, uma série de protestos na terra da garota de Ipanema e outras bossas.

Pelo menos durante os jogos olímpicos, o Rio pode ser um lugar tranquilo nessa temporada de caça aos *pokémons*. Flagrei uma turma de jovens vizinhos aqui em Copacabana comemorando a possibilidade de se aventurar, distraidamente, com seus caros aparelhos celulares na zona sul carioca. A praia mais famosa do mundo nunca esteve policiada como agora. Os *pokémons* e seus caçadores estão salvos. Por enquanto.

Há quem prefira aproveitar o bairro, nesse momento de festa mitológica, para as atividades mais dionísicas. Os boêmios de Copacabana conseguimos uma proeza: escalar um garçom, o popularíssimo Aguinaldo do bar Galeto Sat's, na lista de celebridades que conduziram a tocha olímpica na reta final do giro pelo Brasil. Um épico carnavalesco ao som do coro dos descontentes que grita, sem cessar, "Fora Temer".

Entre uma gambiarra, um ato anarcopolítico e tantas outras manifestações, a gente vai levando, como recomenda o hino informal popular de Chico Buarque e Caetano Veloso. Mesmo com todo golpe, todo galope, todo escroque... A gente vai levando essa lida.

Mesmo com a "Pátria em chuteiras" calçando hoje apenas as sandálias da humildade. Até parece que nunca mais vamos nos curar daquele tragicômico 7x1 para a Alemanha, na Copa de 2014. Os meninos da seleção de futebol entraram em campo na estreia com a arrogância de Neymar & cia. Deixaram o estádio Mané Garrincha, depois de um decepcionante 0x0 com a África do Sul, cabisbaixos, sob alguns surtos de vaias. Nem Gabriel Jesus, badalado jovem que caiu nas graças do técnico Pepe Guardiola (Manchester City), salvou os canarinhos.

Quem sabe o grande triunfo da outrora terra do futebol não seja no *badminton*. O Brasilzão de tantos paradoxos e contradições agora joga *badminton* na favela, onde a gambiarra da sobrevivência é uma prática rotineira, não apenas nos grandes eventos. A arte picaresca de tirar leite de pedra e dar nó em pingo d'àgua.

A gente vai levando... Evoé, Baco!

Ouro olímpico para curar uma obsessão brasileira

Ufa, os canarinhos são campeões contra a Alemanha e Tite na seleção principal anima a galera rumo a 2018

Foi sofrido, foi nos pênaltis, foi sob a desconfiança de uma péssima arrancada, foi contra a Alemanha do fantasma do 7x1, foi no Maracanã do Maracanazzo... Finalmente o Brasil pentacampeão do mundo se cura de uma obsessão histórica e conquista o ouro futebolístico na Rio 2016. O mais importante é que a alta da doença olímpica veio com alguns sintomas de que o país de Pelé pode resgatar a sua velha arte de jogar bola.

Deve ser uma lenta recuperação. O time dourado, todavia, não foi a equipe quase sempre covarde e defensiva que acostumamos a ver nos derradeiros fracassos no Mundial de 2014 e na Copa América – sem contar o desempenho esmorecido nas Eliminatórias para a Rússia 2018.

Sem abrir mão de jogar com três atacantes, a canarinha comandada pelo ainda inexperiente técnico Rogério Micale começou e terminou o jogo de 120 minutos forçando o ataque contra os alemães. Correu riscos, sofreu o empate, mas não disse adeus às armas em nenhum momento.

A lição dos meninos pode renovar filosoficamente a seleção principal agora comandada pelo técnico Tite – conselheiro de Micale depois do fraco início nas Olimpíadas. Até mesmo o destempero psicológico, um adversário nas últimas jornadas, foi controlado no time de Neymar e companhia. A equipe cobrou os pênaltis com nervos de aço, equilíbrio mental improvável em competições anteriores.

A Pátria em chuteiras ainda desfila com as sandálias havaianas da humildade do pós-7x1. Os sinais vitais da Rio 2016 e a retomada do futebol decente no time principal nos devolve um velho ofício, o de brasileiro: profissão esperança.

Rumo à estação Finlândia, camarada Tite

A pátria começou a descalçar as sandálias da humildade;
o engraxate da esperança retoca as chuteiras rodrigueanas para 2018

A noite de 10 de novembro de 2016, depois de um 3x0 contra a Argentina de Messi, vai ficar marcada no calendário freudiano do torcedor brasileiro como o dia em que ele jogou fora a tarja preta de um luto que parecia sem fim. Dois anos e quatro meses depois do tragicômico 7x1, neste mesmo Mineirão, mesmo o mais chic dos playbas e a mais grã-phyna das neymarzetes saíram do estádio mascando o torresmo da superação.

Sim, amigos, com o ingresso nas alturas, ver a equipe canarinho em campo tem sido um direito reservado ao pachequismo burguês. Deixa quieto! É um legado das arenas da Copa 2014. Interessa é que até o príncipe das mineradoras comeu o tropeiro da redenção esta noite como se fosse um feio, sujo e desafortunado sobrevivente do Vale do Jequitinhonha.

Importante é que, além das 53.490 testemunhas do Mineirão, o brasileiro voltou a botar uma cerveja para gelar na espera de uma partida do escrete canarinho. A seleção voltou a valer um engradado e uma peça de picanha, chuleta, linguiça, costela na brasa, coraçõezinhos de galinha...

Até o meu estimado e agourento corvo Edgar, que secou como nunca os brasileiros, bateu levemente hoje na madruga a meus umbrais. Em vez do surrado *never more*, bordão que repetia com os cavaleiros apocalípticos das mesas redondas de futebol, corvejou esperançocas onomatopeias.

O certo e sabido, senhoras e senhores, é que o Tite, o colono de São Braz (Caxias do Sul, RS) vocacionado a padre, levou uma desacreditada seleção a encerrar o ciclo do luto. A pátria começou a descalçar as sandálias da humildade e engraxar de novo as rodriguianíssimas chuteiras. Rumo à Copa 2018! Que seja triunfal o desembarque na estação Finlândia para uma nova revolução russa.

P.S. No que o amigo Tostão, meu guia lírico, metafísico e ludopédico, manda uma mensagem ao fechar das cortinas: "A excelente atuação contra o grande rival, no Mineirão, simboliza o fim do luto e a recuperação da seleção. O que não se deve é criar uma desmedida euforia. Precisamos aprender a conviver com as vitórias e com as derrotas, sem passar da euforia à depressão."

Os apoiadores do livro, em ordem alfabética:

Aldo Junior
Alessandra Mello
Alvaro Ferreira Junior
André Matheus De Sousa Minto
Andre Rosemberg
Angelo Amaro Theodoro Da Silva
Antonio Pereira Da Sobrinho
Aristoteles Homero Dos Santos
  Cardona Junior
Astrid Fontenelle
Augusto César De Souza Leandro
Aureo Morais Vasconcelos
Bárbara Arraes
Beatriz Costa
Camilla Demario
Camilla V Ribeiro Da Cunha
Camilo Vannuchi
Carla Rezende Gomes
Carla Sarmento
Carlos Alonso
Cesar Nascimento
Charles Toledo
Claudinei Munhoz
Claudio Rocha Leal
Cristine Palmeira
Danilo De Magalhães Lescreck
Débora Regina Ferreira Da Cruz
Domingos Andrade
Douglas Zardo
Eduardo De Souza
Eleonora Vannucci
Eliana Julia Cundari Da Rocha Santos
Erica Costa
Evaldo Alcantara
Fabio Barros Rodrigues Da Silva
Fabrício Paiva
Fabricio Souza De Lima
Fagner Henrique Tinoco Da Silva
Fernando Carneiro

Fernando Rombaldi
Flavia Leticia Labre Tavares
Francisco Adalberto Gimenes Pamplona
Francisco Cordeiro
Francisco Evaldo Ferreira Lima
Gabriel Capucho
Gervásio Gomes Cordeiro Neto
Graziela Almeida
Guilherme Bryan
Gustavo Andrada Bandeira
Gustavo Zambon
Helena Tassara
Igor Serrano
Isabel Abreu
Joao Pedro Smith
Jomar Oliveira De Farias
Jorge Trajano
Jose Fabio Bezerra Montenegro
Jose Ramos Filho
Juliana Berlim
Karol Fernandes
Katarina Nascimento De Freitas
Katiane Prazim
Laplace Medeiros
Leonardo Jaime
Lorena Magalhães
Lucas Tavares De Melo
Luis Costa Pinto
Luis Tadeu Da Rosa Pereira
Luiz Aldo Cordeiro Leite Filho
Luiz Antonio Demario
Marcelo Dunlop
Marcelo T A Souza
Marco Antonio Nicolau
Marcos Pereira Dos Santos
Maria De Fátima Felipe Freire
  De Oliveira
Maria Eugênia Luvisotto
Maria Helena Ferrari

Maria Luíza Dainesi
Maria Luiza Mattos Cruz
Maria Olivia Mello
Mariana Lettis
Mario Magalhaes
Marisa Assunção Teixeira
Marlon Silva
Mauro Lacerda
Mauro Rodrigo Ribeiro
Michelle Zetum Moreira
Mônica Passos
Nataraney Santos
Nelia Nascimento
Neylor Toscan
Otavio Silva
Paulo Gilberto Nitz
Paulo Ribeiro
Pedro Paulo Carriello
Pedro Tardelli
Polyana Stocco Muniz
Priscila Fagundes
Priscilla Andreata
Raimundo Alves Junior
Regina Chiaradia
Reinaldo Roberto Da Cruz
Rejane De Medeiros Alves De Souza
Renato Chaves
Ricardo Mituti
Ricardo Ogusku
Ricardo Ribeiro Fener
Rita Vania Gomes
Robertina A Silva Silva
Roberto Martins
Roberto Socorro
Rodrigo Santos
Rogerio Assis
Rogério Tomaz Jr.
Rosana Modena
Rozane Marins
Samuel Sucasas
Sarah Cardoso

Sergio Tomazini
Sídali Guimaraes Filho
Sueli Psisueli
Tata Amaral
Tatiana Macedo
Tatiana Salmeron
Teresa Cristina Almeida Bracco
Valeria Barcellos
Valeria Vieira
Vicente Felipe Pereira Felipe
Vinicius Vilela
Visitante
Vladir De Sá Lemos
Wesley Brasil
Whisner Fraga
Willamy H J P Mota
Wilson Toume

Este livro foi composto em Stempel Garamond e American Typewriter
e impresso em papel Pólen Soft 80 g/m2 pelas Edições Loyola
para a Realejo Editora em dezembro de 2016. Tiragem de 2 mil exemplares.